KB056497

정일당 강지덕 시집

우리 한시 선집 164

정일당
강지덕
시집

허경진 옮김·강선구 글씨

보고사
BOGOSA

정일당 시집을 번역하며

조선시대 여성 시인이 몇 명 되지 않지만, 그 가운데 제대로 이름 석 자를 남긴 시인은 더구나 적다. 대부분의 여성이 친정 족보에 오르지 못하고 출가 후 남편의 성명만 기록되며, 시댁의 족보에도 남편 이름 뒤에 김씨나 강씨라는 성만 실렸다. 다른 김씨나 강씨와 특별히 구분할만한 행적이 없다고 생각해서 성만 실었던 것이다.

허균의 누이 허초희는 동생 허균이 초희(楚姬)라는 이름과 경번(景樊)이라는 자, 난설헌(蘭雪軒)이라는 호까지 모두 기록하여 남기고, 시집까지도 직접 편집하여 중국에까지 전하였다. 난설헌(蘭雪軒)이라고 서명한 글씨까지 남아 있어, 그 글씨를 보면 하늘을 날아오르는 선녀의 모습을 연상케 된다. 덕분에 우리나라 첫 번째 여성 시집이 온전하게 체재를 갖추게 되었다.

남편이 아내의 문집을 직접 편집하고 간행한 경우는 정일당(靜一堂)이 드문 예인데, 친정의 팔촌인 강원회가 정일당의 행장을 지으면서 지덕(至德)이라는 이름의 유래까지 소개하였다. 덕분에 이 시집의 제목이 『정일당 강지덕 시집』이 되었다. 선집이 아니라 시집을 내게 된 것도 다행이거니와, 난설헌처럼 호와 이름을 다 기록할 수 있게 되어 더욱 마음이 놓인다. 정일당의 글씨는 난설헌의 글씨와 달리 단아하여 학자풍이 저절로 엿보인다.

난설헌은 남편에게서 크게 사랑받았다는 기록이 보이지 않는데, 정일당은 남편 윤광연(尹光演)으로부터 지극한 존경과 사랑을 받았다. 시어머니의 시에 차운하여 지은 시를 보면, 시어머니 지일당(只一堂)의 오직 하나의 착한 길을 좇으려는 뜻과 남편 탄재(坦齋)의 평탄한 길을 좇으려는 뜻을 언제나 마음에 지니고, 마치 한 몸처럼 살았던 듯하다. 그래서 남편 윤광연도 아내의 시집 첫머리에 창작 시기와 관계없이 이 두 편의 시를 함께 편집했을 것이다. 그는 9명이나 되는 아들과 딸을 모두 일찍 여의었지만, 남편의 제자들을 자기 자식같이 생각하여 지극한 사랑으로 가르쳤다.

정일당 시집에는 사랑을 갈구하는 여인의 모습이 보이지는 않지만, 인간을 사랑하는 성숙된 여성 성리학자의 모습이 보인다. 그의 선배 윤지당이 성리학자였다면, 정일당은 성리학자이자 시인이었다. 그의 시집에는 한결같이 성(誠)과 경(敬)을 위주로 심성을 단련하겠다는 의지가 엿보이는데, 이러한 의지가 바로 인간 사랑인 것이다. 남편이 평안도에 가면서 가르치도록 부탁했던 서당 제자 이불억 어린이의 벼루를 보고 정일당이 그에게 써 준 글을 보면, 정일당은 조선시대 서당 훈장 가운데 가장 마음이 따뜻한 훈장이었다.

이 작은 책을 내는 데에 여러분의 도움을 받았다. 정일당의 방손이신 옥산 강선구 선생께서는 정일당 시집을 읽으면서 46수나 되는 시를 모두 써 주셨고, 역시 방손이신 적암 강정구 선생께서는 번역본을 처음부터 끝까지 찬찬히 읽어주셨다. 제자 장진엽 선생이 해제를 써주어 여러 독자들에게 정일당 시의 참다운 면모를 알기 쉽게 해주니 더욱 기쁘다.

　정일당의 생활 공간은 충청도 제천과 서울 중림동(약현), 경기도 광주(현재 성남)이다. 어찌 이 지역의 주민들이나 후손들만 이 시집의 독자이겠는가. 9남매를 앞세우고도 좌절하지 않고 처절하리만치 성리학을 연구하여 성(誠)과 경(敬)을 위주로 심성을 단련하였던 학자 정일당, 남편의 제자들을 자기 제자처럼 아끼고 타일렀던 스승 정일당, 셋집조차 구하기 힘들 정도로 가난하던 집안살림을 삯바느질로 일으켰던 주부 정일당, 여러 모로 세상을 앞서갔던 정일당의 시집이 강선구 서백의 글씨와 함께 많은 독자들에게 읽혀지기를 기대한다.

2020년 2월
허경진

차례

정일당유고

[시]

시어머님 지일당[1]의 시에 삼가 차운하다[2]
敬次尊姑只一堂韵 丁巳

아랫 사람들 배움은[3] 윤리를 도탑게 하여
어린이에게 자애롭고 노인을 편안케 하지요.
고삐를 바로잡고 이대로 따라가면
저절로 평탄한 길이 된답니다.

下學須敦倫、慈幼且安老。
直轡從此行、自是坦坦道。

---

1 지일당(只一堂)은 통덕랑(通德郎) 자재(自齋) 윤동엽(尹東燁)의 아내 천안전
   씨(天安全氏)의 호로, 여충(汝忠)의 따님이다.
2 정사년(1797)에 지었다. (원주)
3 원문은 하학(下學)이다. 『논어(論語)』「헌문(憲問)」의 "나는 하늘을 원망하지
   않고, 사람을 탓하지도 않는다. 아래로는 사람의 일을 배우고 위로는 하늘의
   이치를 터득하려고 노력하는데, 나를 알아주는 분은 아마도 하늘뿐일 것이
   다.[不怨天, 不尤人, 下學而上達, 知我者, 其天乎.]"라는 공자의 말에서 나왔
   다. 하학(下學)이 형이하(形而下)라면 상달(上達)은 형이상(形而上)의 학문을
   가리킨다.

敬次尊姑吳一堂韻丁巳

下學須敦倫
慈幼且安老
直孿從此行
自是坦坦道

姜靜一堂詩 庚子二〇二〇年三月
善球敬書 五代僑後裔

지일당이 원래 지은 시
原韵

봄이 와 꽃이 활짝 피었건만
세월이 갈수록 사람은 차츰 늙어가네.
탄식한들 이제 무엇하랴
오직 하나의 착한 길을 좇으려 할 뿐일세.

春來花正盛、歲去人漸老。
歎息將何爲、只要一善道。[1]

---

1   시어머니가 이 구절에서 자신의 호 지일당(只一堂)의 뜻을 쉽게 풀어 주었다.

春来苍正盛　盛去人渐老

歎息将何爲　只要一善道

姜静一堂之媤母只一堂原韵

글공부를 시작하며[1]

始課 戊午

서른[2]에야 비로소 글 읽기를 시작하니
배움에 빠져 동서를 가리기 어렵네.
이제부터라도 모름지기 애를 써서
옛사람 경지에 가까워지기를 비네.

三十始課讀、於學迷西東。
及今須努力、庶期古人同。

---

1 무오년(1798)에 지었다. (원주)
2 이 시를 지은 무오년은 1798년이니, 정일당(1772~1832)이 27세 되던 해에
   글공부를 시작하며 지은 시이다.

三 於 及 庶

十 學 个 期

始 述 滇 古

課 西 努 人

讀 東 力 同

姜靜一坐
始課戊午
康子二〇年
四月廿六日
枝餘玉山人
五代傍係孫
善球敬書

회초리 맞는 서당 아이를 보며
見書童被撻

너는 근신하고 삼갈 수 있는데
어쩌다 무슨 죄를 지었느냐.
이제부터라도 문득 뉘우쳐서
마음 다해 몸가짐을 바르게 하거라.

爾能謹而愼、過罪何處從。
自今便有悔、誠心復正容。

爾能謹而慎

過罪何處從

自今便有悔

誠心復正容

姜靜一堂見書童被捷 傍齋姜球敬書

21

산속 집
山家

산속 군자의 집에서
밝은 창을 마주하여 책을 읽누나.
멀리서 손님이 찾아오는지
사립문에서 늙은 삽살개가 짖어대네.

山中君子宅、讀書對明牕。
有客從遠至、柴門吠老狵。

姜静一堂山家

山中君子宅
讀書對明牕
有客從遠至
柴門吠老狵

庚子二〇二〇年四月廿六日 五代儲嗣宗 菁球敬書

스스로 분발하며

自勵

좋은 세상 많은 시간을
놀고 헤매이며 허송하지 말진저.[1]
거울 삼아야 할 것을 배우지 않은 자는
말라 떨어져 궁색한 집에서 탄식하리니.[2]

休令好日月、游浪斷送虛。
宜鑑不學者、枯落歎窮廬。

---

1 제1구의 '휴(休)' 자는 '그만 두다'라는 뜻이고, '령(令)' 자는 '명령하다', '하게
   하다'라는 뜻이다. 직역하면 '호일월(好日月)'로 하여금 '유랑단송허(游浪斷
   送虛)'하게 하지 말라는 뜻이다.
2 촉한(蜀漢)의 승상 제갈량(諸葛亮)이 자식들을 경계하여 지은 글에 "나이는
   시절과 함께 더해지고, 의지는 세월과 함께 사라져 버리네. 마침내 쇠락하고
   시들어지게 되면, 궁벽한 오두막에서 슬피 탄식한들 무슨 소용 있으랴.[年與
   時馳, 意與歲去, 遂成枯落, 悲歎窮廬, 將復何及?]"라고 하였다. 『소학(小學)』
   「가언(嘉言)」에 보인다.

姜靜一堂自勵

休令好日月
游浪斷送靈
宜鑑不學者
枯落歎窮廬

庚子二〇二〇年三月 傍後孫 善球 敬書

착한 성품
性善

사람의 성품은 본래 모두 착하니
착한 마음을 끝까지 지키면 성인이 되네.[1]
어질게 행하려 하면 어짊이 거기에 있으니
이치를 밝혀 몸을 성실히 하리라.

人性本皆善、盡之爲聖人。
欲仁仁在此、明理以誠身。

---

[1] 맹자는 '사람의 본성이 착하다'고 말하면서, 말끝마다 요임금과 순임금을
칭찬하였다. "안연(顔淵)이 이렇게 말하였다. '순임금은 어떤 사람이고, 나는
어떤 사람인가? 선을 행하는 사람이라면 누구든지 순임금처럼 될 수 있다.'"

27

지아비께
呈夫子

저는 재덕이 없어 부끄러우니
어린 시절에 바느질만 배웠답니다.
참다운 공부에 모름지기 힘쓰시고
입고 먹는 것은 마음에 두지 마셔요.

妾愧無才德、幼年學線針。
眞工須自勉、衣食莫關心。

姜静一堂呈夫子

妾愧無才德
幼年學線針
真工須自勉
衣食莫關心

康子二〇二〇年四月廿六日 五代僑生 蕭球 敬書

29

길 떠나는 지아비께 드리다
敬呈夫子行駕

이른 새벽에 눈물 씻으며 당신을 보내니
호수나 산 어디를 가시든 잊지 마세요.
떠나기 전 오직 한 말씀만 드리오니
세상만사 돌고 도는 것이 저 푸른 하늘[1] 같답니다.

淸晨灑泣送君子、去去湖山應不忘。
臨行惟有一言告、世事循環如彼蒼。

---

1 원문은 '피창(彼蒼)'인데, 『시경(詩經)』 「황조(黃鳥)」에서 반복되는 '피창자
   천(彼蒼者天)'의 준말이다. 칠언절구의 글자 수와 운(韻)을 맞추기 위해 제2
   구의 '망(忘)' 자와 운이 같은 '창(蒼)' 자로 끝냈다.

姜靜一堂 敬呈夫子行駕

清晨灑泣送君子
去去湖山應不忘
臨行惟有一言告
世事循環如彼蒼

歲在庚子二〇二〇年四月二日傍後孫善球敬書

31

선달 그믐날 밤에
除夕感吟

좋은 세월을 하는 일 없이 보냈으니
내일이면 내 나이 쉰하나일세.
밤중에 슬피 탄식한들 무슨 소용 있으랴.
남은 생애에 내 몸을 닦을 뿐이리.

無爲虛送好光陰、五十一年明日是。
中宵悲歎將何益、且向餘生修厥己。

無爲虛送好光陰
五十一年明日是
中宵悲歎將何益
且向餘生修厥己

姜静一堂除夕感吟 庚子二〇二〇年門偶齋善球敬書

병을 앓고 나서[1]

病後 壬午

한동안 위태롭게 앓다가 다행히 차도가 있어
맑은 가을날 창문을 여니 내 마음 상쾌하구나.
내 몸이 나은 것이 어찌 인삼과 백출만의 효험이랴
이제야 성명(誠明)[2]의 경계를 절실히 알겠구나.

一疾幾危今幸差、清秋開戶余心快。
調濟豈專蔘朮功、伊來體認誠明界。

---

1 임오년(1822)에 지었다. (원주)
2 『중용장구』 제21장에 "성으로 말미암아 밝아지는 것[自誠明]을 성(性)이라
   이르고, 명으로 말미암아 성해지는 것을[自明誠]을 교(敎)라 이르니, 성(誠)
   하면 밝아지고[明] 밝아지면[明] 성(誠)해진다." 하였다.

一疾幾危个牽差
清秋開戶余心快
調濟豈專蔡术功
伊来病體認誠明界

우연히 읊다

偶吟

나에게 삼 년 묵은 쑥이 없어[1]
진물 흐르는 상처를[2] 아직 고치지 못했네.
지금까지도 장만해 두지 못했으니
훗날 뉘우친들 무슨 소용 있으랴.

我乏三年艾、沈痾苦未醫。
及今猶不蓄、他日悔何追。

---

1 지금 천하의 왕이 되려고 하는 자는 마치 7년 묵은 병을 고치려고 3년 말린
  쑥을 구하는 자와 같다. 만약 지금부터라도 준비해 두지 않으면, 죽을 때까
  지도 얻을 수가 없다. 제후들이 지금부터라도 어진 정치에 뜻을 두지 않으
  면, 죽을 때까지 걱정하고 욕을 보다가 죽음의 구렁으로 빠지고 말 것이다.
  [今之欲王者, 猶七年之病求三年之艾也, 苟爲不畜, 終身不得. 苟不志於仁, 終身
  憂辱, 以陷於死亡.] -『맹자(孟子)』「이루(離婁) 하」
2 원문의 '가(痂)'는 헌데, 또는 헌데가 아문 딱지이니, 침가(沈痂)는 오래된
  상처이다. "칠 년 묵은 병에 삼 년 묵은 쑥을 찾는다"는 속담이 있다.

36

美靜一堂偶吟

我乏三年艾

沈疴苦未醫

及今猶不蓄

他日悔何追

庚子二〇二〇年四月傍崖蕃球敬書

『중용』을 읽다
讀中庸

자사께서 지어 전하신 책 한 편이
천년을 이어 많은 가르침을 열게 하였네.
본체가 확립되니 치우침이 없고
작용이 행해지니 어긋남이 없네.[1]
처음부터 경계하고 삼갈 수 있어야
마침내 중화에 이를 수가 있네.[2]
통달한 도는 세 가지 덕이니[3]
지극하도다! 여기에 덧붙일 이치가 있으랴.

一編思聖傳、千載繼開多。
體立無偏倚、用行不謬差。
始能存戒愼、終可致中和。
達道關三德、誠哉理孰加。

---

1   노주(老洲) 오희상(吳熙常, 1763~1833)의 『노주집(老洲集)』 권15 「서임녹
    문인물성도후(書任鹿門人物性圖後)」에 이에 관한 설명이 보인다. "이합(離
    合)의 뜻은 다만 주자(周子)가 '혼벽(混闢)'이라고 한 것이니, 이(離)는 분수
    (分殊)이고 합(合)은 이일(理一)이다. 분수된 후에 이일(理一)은 그 가운데
    조금도 각각 갖추어지지 않음이 없으니, 정(靜)하면 체(體)가 확립되고 동
    (動)하면 용(用)이 행해진다. 이것이 '한 번 혼하고 한 번 벽하여 무궁하다.'
    는 것이다.[離合之義只是周子混闢之云, 離是分之殊, 合是理之一也. 分殊之後,
    理之一無不各具於其中, 靜則體立, 動則用行, 此所謂一混一闢其無窮者.]"라고
    하였다.

2 『중용장구(中庸章句)』에 "중화의 경지를 이루면 천지가 제자리를 잡고 만물
이 제대로 길러질 것이다.[致中和, 天地位焉, 萬物育焉.]"라고 하였다. 성군
(聖君)의 태평 정치를 비유한 말이다.

3 『중용』의 삼덕(三德)은 지(智)·인(仁)·용(勇)을 가리킨다.『중용장구』 제20장
에, "천하의 달도가 다섯 가지인데 이를 행하는 것은 세 가지이다. 군신간,
부자간, 부부간, 형제간, 붕우간의 사귐이라는 이 다섯 가지는 천하의 달도요,
지·인·용의 세 가지는 천하의 달덕이니, 이를 행하는 것은 하나이다.[天下之
達道五, 所以行之者三, 曰君臣也, 父子也, 夫婦也, 昆弟也, 朋友之敎也五者, 天下
之達道也, 智仁勇三者, 天下之達德也, 所以行之者一也.]"라고 하였다.

조카 손자 근진의 아내에게[1]

示從孫謹鎭婦 崔氏權氏

곧음과 정성을 으뜸으로 삼고
순응하여 따르기를[2] 일삼아라.
이것이 아내의 도리이니
너희들은 모름지기 이것에 힘쓰거라.

貞慤首矣、順從務焉。
是婦道也、爾須勉旃。

---

1 (조카 손자며느리는) 최씨(崔氏)와 권씨(權氏)이다. (원주)

2 『맹자(孟子)』「이루 상(離婁上)」의 "악(樂)의 핵심은 이 두 가지를 실천함에 있어서 즐거운 마음으로 하게 만드는 것이다. 마음이 즐거워지면 (어버이를 섬기고 형을 따르자는) 생각이 나온다. 그러한 생각이 나면 어찌 그만둘 수 있으랴.[樂之實, 樂斯二者, 樂則生矣, 生則惡可已矣.]"라는 대목의 '樂則生'에 대해 『맹자집주』에서 "즐거워하면 생겨난다는 것은 화순(和順) 종용(從容)하여 억지로 힘쓰지 않아도 사친(事親)과 종형(從兄)의 뜻이 유연(油然)하게 스스로 일어남이 초목(草木)에게 살려는 뜻이 있음과 같다.[則生矣, 謂和順從容, 無所勉强, 事親從兄之意, 油然自生, 如草木之有生意也.]라고 풀이하였다.

40

貞慤為首　順從務美　婦道也　是爾須勉娇爾

姜靜一坐示従孫謹鎮婦崔氏權氏

二〇一〇年四月二日 傍崖 善球敬書 [印]

41

밤에 앉아서[1]
夜坐 癸未

밤 깊어 온갖 움직임이 멈추니
빈 뜨락에 달빛이 새하얗구나.
한 치 마음이[2] 씻은 듯 맑아지니
성(性)과 정(情)이 환하게 드러나네.

夜久羣動息、庭空皓月明。
方寸淸如洗、豁然見性情。

1　계미년(1823)에 지었다. (원주)
2　최한기는 『추측록(推測錄)』 「추측제강(推測提綱)」에서 마음을 이렇게 설명
　　하였다. "하늘에 있어서는 주재라 하고 사람에 있어서는 마음이라 하니 그
　　뜻이 한가지인데, 예전의 여러 성현(聖賢)이 가리킨 명상은 같지 않다. 방촌
　　(方寸)이라고도 하고, 영대(靈臺)라고도 하였으며, 몸을 주재하는 것이 곧
　　마음이라고도 하고, 또 만물의 이치가 곧 내 마음이라고도 하였다."
　　이 글에서 방촌(方寸)에 "오장(五臟) 중에 기(氣)를 담아 두는 빈 구멍인 심장
　　을 말한다."고 주(注)를 달았다.

夜久羣動息庭空
皓月明方寸清如
洗豁然見性情

姜靜一堂夜坐 庚子二〇二〇年四月廿三日

扶餘玉山人 五代傍孫 雅素軒主人姜球敬書

탄원[1]

坦園 甲申

탄원이 그윽하고도 고요하니
지인(至人)이 살기에 참으로 알맞아라.[2]
천고의 서적을 홀로 파고들며
서너 간 오두막에 높직이 누우셨네.[3]

坦園幽且靜、端合至人居。
獨探千古籍、高臥數椽廬。

---

1 갑신년(1824)에 지었다. (원주)
   탄원(坦園)은 남편 윤광연의 호이자, 거처하는 집의 이름이다. 시어머니 지
   일당의 시에 "단지 하나의 착한 길을 좇으려 할 뿐일세[只要一善道]"라고 하
   자 정일당이 차운하여 "고삐를 바로잡고 이대로 따라가면 / 저절로 평탄한
   길이 된답니다.[直轡從此行, 自是坦坦道.]"하였다. 시어머니의 단지 하나의
   착한 길[只要一善道]을 정일당이 평탄한 길[坦道]로 받았는데, 여기에서 탄
   원(坦園)이라는 호가 나왔다.
2 『장자(莊子)』「제물론(齊物論)」에 "지인(至人)은 신령스러워서 큰 늪지대가
   불타도 뜨겁게 느끼지 않고, 황하와 한수가 얼어붙어도 차갑게 여기지 않는
   다.[至人神矣, 大澤焚而不能熱, 河漢沍而不能寒.]"라고 하였다.
3 벼슬길에도 응하지 않고 은자(隱者)의 생활을 하겠다는 뜻이다. 『진서(晉書)』
   「사안전(謝安傳)」에 사안이 동산에 높이 누워[高臥東山] 임금의 분부에도 응
   하지 않았다고 했으며, 『진서(晉書)』「은일(隱逸) 도잠전(陶潛傳)」에 도연명
   이 북창 아래에 드러누워[高臥北窓之下] 스스로 복희씨 시대의 사람이라고
   자부하였다.

姜静 一聖坦園

坦園幽且靜
端合至人居
獨探千古籍
高臥數椽盧

二〇一〇年四月二日 僑喬蕭球敬書

해석 김재찬[1] 상공께서 주신 새 책력을 감사드리며[2]
謝海石金相公載瓚惠貺新曆 代夫子作○丙戌

명협(蓂莢)[3]에 양기가 생겨[4] 은혜가 이웃에 미치니
산골 집에선 이 책력을 보고 겨울 봄을 기록합니다.
단지 유유히 흐르는 세월이 걱정스러우니
경계하신 글을 외우면서 나날이 새로워지기를[5] 힘쓰겠습니다.

蓂莢陽生惠及隣。山家從此記冬春。
只憂時月悠悠過、誦服良箴企日新。

---

1 김재찬(金載瓚, 1746~1827)의 자는 국보(國寶), 호는 해석(海石)으로, 평안
   도관찰사, 한성부판윤, 우의정 등을 역임한 문신이다.
2 남편을 대신하여 짓다. 병술년(1826) (원주)
3 명협은 요(堯)임금 때 조정의 뜰에 났다는 서초(瑞草)의 이름인데, 초하루부
   터 매일 한 잎씩 나서 자라다가 보름이 지난 16일부터는 매일 한 잎씩 져서
   그믐에는 다 떨어지기 때문에 이것으로 날을 계산하여 달력을 삼았다는 고
   사가 『죽서기년(竹書紀年)』 권상 「제요도당씨(帝堯陶唐氏)」에 전한다.
4 동지(冬至)를 양생일(陽生日)이라고 한다. 이때에 처음으로 양(陽)의 기운이
   천지 간에 생겨나기 때문이다.
5 은(殷)나라 탕왕(湯王)의 반명(盤銘)에 "진실로 어느 하루에 새로워졌거든
   나날이 새로워지고 또 날로 새로워져야 한다.[苟日新, 日日新, 又日新]"고
   하였는데, 『대학장구(大學章句)』 전2장(傳二章)에 나오는 글이다. 반(盤)은
   세숫대야인데, 몸을 씻어 때를 없애듯이 마음의 때를 씻어 덕을 새롭게 향상
   시키리라 다짐한 것이다.

莫萊陽生惠及隣
山家從此記冬春
只憂時月悠悠過
誦眠良箴企日新

姜靜一堂 謝海石金相公載瓊惠貺新曆代夫子作
庚子二〇二〇年四月廿三日 五代僑裔 蕭球 敬書

청한자[1] 대인의 회갑 잔치에 바치는 시[2]

奉獻靑翰子李觀夏尊大人回甲壽席 代夫子作

북산 아래에서 덕을 기르시어
빛을 숨겨도 도는 더욱 높아지셨네.
학 울음처럼 맑고 화평한 아들과
대 그림자처럼 푸르고 새틋한 손자들.
큰 뜻을 품고 태어나[3] 회갑을 맞으시니
손님과 벗님네들이 함께 잔을 바치네.
남은 복 아직도 다하지 않았으니
네 마리 말이 끄는 수레가[4] 문으로 들어오길 기다리소서.

養德北山下、潛光道益尊。
鶴聲淸和子、筠影綠生孫。
弧矢方回甲、賓朋共侑樽。
餘庥曾未艾、車馴佇容門。

---

1 (청한자의) 이름은 이관하(李觀夏)이다. (원주)
　　이관하는 문헌에 거의 나타나지 않는 인물이며, 이 시를 지은 시기도 확실치
　　않아, 이관하의 인적사항을 알 수가 없다. 다만 정일당이 남편에게 보낸 편
　　지 내용을 보면, 감역(監役, 종9품) 벼슬을 했던 친구인 듯하다.
　　"학산공(鶴山公, 승지 윤제홍의 호)은 시운(詩韻)이 청온(淸穩)하고 청한자
　　(靑翰子, 감역 이관하의 호)는 문사(文辭)가 섬박(贍博)하니 정서를 도야하고
　　뜻을 제대로 펼치는 것도 또한 유자(儒者)에게는 없을 수 없습니다. 청컨대
　　육경(六經)을 연구하는 틈틈이 만나서 교류하십시오."
2 남편을 대신하여 짓다. (원주)

養德北山下潛光道益尊
鶴聲清和子筠影綠生
孫弧矢方回甲賓朋英
俊樽餘庥曾未艾車
駟佇容門

甲戌壽席代夫子作 庚子二〇二〇年四月卄昔 傍侶孫 姜球 敬書

姜靜一室本嶽青翰子李觀夏尊大

---

3 원문의 호시(弧矢)는 상호봉시(桑弧蓬矢)의 준말로, 천지 사방을 경륜할 큰 뜻을 말한다. 『예기(禮記)』「내칙(內則)」에 보면, 옛날에 사내아이가 태어나면 상목(桑木)으로 활을 만들어 문 왼쪽에 걸고 봉초(蓬草)로 화살을 만들어서 사방에 쏘는 시늉을 하며 장차 이처럼 웅비(雄飛)할 것을 기대했었다.

4 원문의 거사(車駟)는 고거사마(高車駟馬)의 준말이다. 부귀한 사람이 타는 것으로, 수레 덮개가 높은 수레와 네 마리의 말이란 뜻이다.

중로 박병은[1]에게 드림[2]

贈朴仲輅秉殷○代夫子作

뜻을 행하려면 부지런도 해야 하지만
학문하는 길부터 바르게 찾아야 하네.[3]
오래 하면 끝내 공을 이루리니
산을 만들거나[4] 우물 파는[5] 것과 같다네.

志行雖貴勤、門路須尋正。
可久終成功、爲山與鑿井。

---

1 중로(仲輅)는 박병은의 호이다. 남편이 정일당에게 보낸 편지에 "박병은은
　질박하고 성실하며, 옛것을 좋아한다[朴秉殷樸實而好古]"고 하였다.

2 남편을 대신하여 지었다. (원주)

3 『논어(論語)』「미자(微子)」에 장저(長沮)와 걸닉(桀溺)이 밭을 갈고 있을 때
　공자 일행이 그 곁을 지나가다가 공자가 제자 자로(子路)를 시켜 나루를 물은
　일이 있다. 나루터가 있는 곳을 묻는다[問津]는 말은 학문의 문로(門路)를
　가르쳐 주기를 청하는 뜻으로도 쓰였다.

4 「서경」「여오(旅獒)」에 "밤낮으로 부지런하지 못한 점이 혹시라도 있지 않게
　해야 한다. 자그마한 행동이라도 신중히 하지 않으면 끝내는 큰 덕에 누를
　끼칠 것이니, 이는 마치 아홉 길의 산을 만들 적에 한 삼태기의 흙이 부족하
　여 그 공이 허물어지는 것과 같다.[夙夜罔或不勤, 不矜細行, 終累大德, 爲山九
　仞, 功虧一簣.]"라고 하였다.

5 『맹자』「진심 상(盡心上)」에 "우물을 아홉 길을 팠더라도, 샘물에 미치지
　못하면 우물을 버리는 것이나 마찬가지다.[掘井九軔, 而不及泉, 猶爲棄井
　也.]"라고 하였다.

姜靜一堂傳先祖母詩

志行雖貴勤

門路須尋正

可久終成功

爲山與鑒井

二〇二二年四月首 姜球敬書

동갑내기 친구들에게[1]
示同庚諸友 代夫子作

쉰이 되도록 거칠고 어리석어서 앞만 보고 살았으니
허물과 뉘우침이 산 같아서 누가 떨쳐버릴 수 있으랴.
여러 친구들 이제부터는 서로 도와서
이택(麗澤)의 도움으로[2] 여생을 보내십시다.

五旬荒鈍只依前、尤悔如山孰可鐫。
諸子從今相休助、願資麗澤送餘年。

---

1   남편을 대신하여 짓다. (원주)
2   이택(麗澤)은 붕우(朋友)가 함께 학문을 강습하여 서로 이익을 줌을 뜻한다.
    『주역(周易)』 태괘(兌卦)에 "두 못이 연결되어 있는 형상이 태(兌)이니, 군자
    가 이를 본받아 붕우 간에 강습한다.[麗澤兌, 君子以朋友講習.]"라는 말에서
    유래하였다.

姜静一垒示同庚諸友代夫子作

五句荒鈍只依前
尤悔如山孰可鐫
諸子從今相依助
顓資麗澤送餘年

庚子二〇二〇年四月二日傍畲善球敬書

탄원 삼장[1]

坦園三章 代夫子作

1

숲에 살며 골짜기 물 마시고
책을 껴안고 스스로 좋아하네.
선현들의 닦음이[2] 마음에 있으니
오묘한 경지를 넘겨다 볼만하네.
의문은 많으나 서적이 없으니
누구에게 찾아가 물어보랴.
여기에서 중정함을[3] 실천하며
그 도를 넓고 평탄케 하리라.

林居谷飲、抱書自好。
前脩有心、庶幾窺奧。
羣疑蔀塞、孰從往叩。
履玆中正、坦平其道。

---

1 지아비를 대신하여 짓다. (원주)
2 원문은 전수(前脩)인데, 『초사(楚辭) 주자집주』에 "앞 시대에 덕을 닦은 사람
   을 가리킨다[謂前代脩德之人]"고 하였다.
3 '중정(中正)'은 『중용장구(中庸章句)』 제31장에서 지성(至誠)의 덕을 표현한
   말로, 엄숙하고 장엄하고 중도에 맞고 바르다는 뜻이다. 『주역(周易)』 관괘
   (觀卦) 단사(彖辭)에서는 "뭇사람들이 우러러보는 가장 윗자리에 거하여 아
   랫사람들을 순종시키면서, 중정한 덕으로 천하에 모범을 보여 준다.[大觀在
   上 順而巽, 中正以觀天下.]"라고 하였다.

姜靜一坐坦園三章代夫子作

林居谷飲抱書自好

前脩有心庶幾窺奧

羣疑蔀塞孰從往叩

憂詎申正坦平其道

庚子十二月買旦傍齋蕃球敬書

2

해가 우연으로[4] 저무니
높은 산엔 눈과 얼음이라,
말 먹이고 수레 굴대에 기름칠하건만
앞길은 멀기만 하네.
마부가 약해 부리기 어려우니
아아! 가다가 멈추는구나.
늘그막에 이런 일 만났으니
근심과 상심이 어떠하랴.

景仄虞淵、氷雪磋峨。
秣馬脂轄、前路云遐。
僕弱難馭、登頓于嗟。
遭此晚暮、憂傷如何。

---

4 우연은 전설상으로 해가 지는 곳이다. 『회남자(淮南子)』 「천문훈(天文訓)」
   에, "태양이 우연으로 떨어질 때를 황혼이라고 한다.[日至于虞淵, 是謂黃
   昏.]" 하였다.

景仄凄渊冰雪礒峨
秣馬脂轄前路云遐
僕弱難馭登頓于嗟
遭此晚暮憂傷如何

姜静一室坦園三章 其二首
二〇二〇年罒月二日傅齋 姜球敬書

57

3

새는 지저귀며 무리를 찾고
물고기는 떼를 지어 헤엄치네.
밝고 화창한 철이 되니
그 즐거움이 스스로 있구나.
어찌 떨어져 살면서[5]
끝내 어진 벗님들까지 없어졌는지.
바라건대 세 가지 유익한 벗님들이여[6]
나의 허물을 부지런히 일깨워주소서.

鳥嚶求羣、魚泳逐隊。
節舒陽和、其樂自在。
胡爲索居、終罕朋輩。
願言三益、勤箴吾過。

---

5 삭거(索居)는 『예기(禮記)』「단궁 상(檀弓上)」에 나오는 말로, 친지나 벗들과
   헤어져서 혼자 외로이 사는 생활을 가리킨다.
6 『논어(論語)』「계씨(季氏)」에 "유익한 벗이 셋이 있고 손해되는 벗이 셋이
   있으니, 정직하고 성실하고 견문이 많으면 유익하다.[益者三友, 損者三友,
   友直, 友諒, 友多聞, 益矣.]"라는 공자의 말이 나온다.

姜靜一堂坦園三章 其三

鳥嚶求羣魚泳逐隊

節舒陽和其樂自在

胡爲索居終罕朋輩

顧言三益勤箴吾過

庚子二〇二〇年四月言儷齋姜球敬書

군탄[1] 선생의 시에 삼가 차운하다[2]
謹次丈席涒灘詩韵 代夫子作

영릉[3]에서 송부자[4]를 추모해 눈물 흘리니
한밤중 슬픈 노래가 당일의 시였네.
후생이 장엄하게 『춘추』 대의를 말하니[5]
감격한 눈물이 자주 백발을 적시네.

寧陵追泣宋夫子、中夜悲歌當日詩。
後生莊誦春秋義、感淚頻添白髮垂。

---

1 군탄(涒灘)은 고갑자(古甲子)에서 신(申)을 가리키니, 신씨 성을 가진 학자를
  뜻하는 듯하다.
2 남편을 대신하여 짓다. (원주)
3 경기도 여주시 능서면에 있는 조선 후기 제17대 효종(孝宗)과 왕비 인선왕후
  (仁宣王后) 장 씨의 능으로, 사적 제195호이며, 2009년에 '조선 왕릉'이라는
  명칭으로 세계유산에 등재되었다.
4 우암(尤庵) 송시열(宋時烈)의 문집인 『우암집』이 간행된 뒤에 정조(正祖) 때
  에 증보하여 어명으로 『송자대전(宋子大全)』을 간행하였다. 그의 제자들이
  송시열을 주자(朱子)에 견주어 송자(宋子)라고 추숭한 것인데, 이를 계기로
  송시열을 송자, 또는 부자(夫子)라고 높여 불렀다.
5 효종이 사부(師傅) 송시열의 가르침을 받아들여 청나라에 복수할 준비를 하
  다가 세상을 떠났다. 후에 송시열이 제주도에 유배되었다가 육지로 압송되
  어 사약을 받기 전에 지은 상소문에 효종의 춘추대의(春秋大義)가 잘 드러나
  있다.
  "신이 원통하고 답답하다는 것은 무엇이겠습니까. 오직 우리 효종대왕(孝宗
  大王)께서는 하늘이 내신 성인으로서 양구(陽九, 재액)의 시대를 당하시어
  천지가 뒤집히는 것을 가슴 아프게 여겼고, 갓[冠]과 신[屨]이 도치된 것을

姜靜一堂謹次文席滾灘詩韵代夫子作

寧陵徂泣宋夫子
申夜悲歌當日詩
後生莊誦春秋義
感淚頻添白髮垂

庚子二〇二〇年四月卄日做簡牘帛書儒齋姜球敬書

분개하셨습니다. 그러므로 춘추대의(春秋大義)를 잡고 두절(杜絶)된 정리(正理)를 밝혀서, 위로는 황상(皇上)의 원수를 갚고 아래로는 선왕(先王, 仁祖)의 치욕(恥辱)을 씻으려는 뜻을 세우고서, 심지(心志)를 청천(靑天)의 백일(白日)과 같이 뚜렷하게 지니셨습니다. 그러므로 근심하고 괴로워하며 두려워하고 조심하시어, 항상 임금이 되심을 즐겁게 여기지 않고 밤낮으로 깊이 생각하시되, 반드시 더욱 학문에 부지런하셨습니다." – 송시열 『송자대전(宋子大全)』 권20 「탐라(耽羅)로부터 압송(押送)되어 육지에 나온 뒤 남긴 소[自耽羅就拿出陸後遺疏]」.

여러 아이들을 일깨우다

勉諸童

너희는 모름지기 부지런히 책을 읽어
젊은 시절을 헛되게 보내지 말아라.
어찌 외우고 읊조리기만 하겠느냐
마땅히 성현과 같아지기를 기약하거라.

汝須勤讀書、毋失少壯時。
豈徒記誦已、宜與聖賢期。

63

선달 그믐날 밤에 우연히 짓다
除夜偶作

옛 성인이 이 도를 전해 주셨으니
사람마다 함께 따라가는 바일세.
마음은 달이 차가운 물을 비추는 듯해[1]
환한 그 빛이 천년토록 빛나리라.
서로 하나의 경(敬) 자를 전해 왔으니
그 누가 이 빗장을 뽑을 수 있으랴.
멀리서 찾으려 하면 헛고생만 할 뿐이니
힘껏 나아가 가까운 곳에서 구할진저.
종신토록 스스로[2] 힘쓰리니
도를 바라보며 어찌 감히 머뭇거리랴.

古聖傳斯道、人人所共由。
心月印寒水、精光炯千秋。
相傳一敬字、關鍵孰能抽。
騖遠徒虛勞、力進須近求。
終身宜自强、望道敢遲留。

---

1 주자(朱子)의 '추월한수(秋月寒水)'를 끌어다 쓴 말로, 가을 달처럼 티끌 한
   점 없이 맑기만 하고, 차가운 강물처럼 투철하고 명징(明澄)한 철인의 경지
   를 뜻한다. 주자의 「재거감흥(齋居感興) 이십수(二十首)」에 "삼가 천 년의
   마음을 살피건대, 가을 달이 찬 강물을 비추는 듯하네. 노수의 스승 어찌
   한 사람만 있으리요, 성현께서 전해 주신 법도가 모두 스승일세.[恭惟千載

古聖傳斯道 人人所共由
心月印寒水 精光炯千秋
相傳一敬字 關鍵孰能抽
驚遠徒靈勞力進須近求
終身宜自強 聖道敢遲留

庚子清明節 二二年閏 敬書于□山鼎鉢山下姜村 善珠

心, 秋月照寒水. 魯叟何常師, 刪述存聖軌.]"라는 구절이 있다. 퇴계(退溪) 종택에 있는 추월한수정(秋月寒水亭)도 여기에서 따온 이름이다.

2 『주역(周易)』「건괘(乾卦) 상(象)」에, "하늘의 운행이 굳세니 군자는 이것을 보고서 스스로 힘써 쉬지 않는다.[天行健, 君子以, 自彊不息.]" 하였다.

수재 안준갑과 신의 고정식께 드리다[1]

贈安秀才駿甲兼示高信義 廷植 ○代夫子作

성인의 도는 큰 길과 같아서
예나 지금이나 거쳐 갈 바일세.
학문이란 별다른 것이 아니니
위로 향해 모름지기 탐구하는 것일세.
책 속에 나침반이 있으니
뚜렷이 앞으로 나아갈 수가 있네.
부지런하게나. 고삐를 바로잡고
도의 경지에서 함께 유유자적하시게.

聖道如大路、古今之所由。
學問非別致、向上須探求。
卷中指南術、歷歷在前脩。
勉哉駕直轡、道域偕優遊。

---

1 남편을 대신하여 짓다. (원주)

姜靜一堂贈安秀才臨甲董示高信義廷槎代夫之作

聖道如大路古今之所由
學問非別致向上須探求
卷中指南術歷二在前倩勉
我駕亘轡道域偕優遊

庚子清明二〇二〇年四月一山鼎鉢山下姜村雅素軒傍喬善球敬書

67

지아비께

呈夫子

예부터 간재 선생을 따라
한결같이 도를 구하셨지요.
이제 삼십 년이나 되셨으니
조예가 과연 어떠신지요.[1]

昔從艮齋日、求道斷無他。
于今三十載、造詣果如何。

<hr />

1 『맹자(孟子)』 「이루(離婁) 하」에 "군자가 적절한 방법을 사용하여 학문의 세
   계에 깊이 나아가려는 것은 스스로 체득하려고 해서이다. 스스로 체득한
   바가 있으면 거처하기를 편히 하게 되고, 거처하기를 편히 하면 이용하는
   것이 깊고, 이용하는 것이 깊으면 좌우에서 취해 쓸 때 그 근원을 만날 수
   있게 된다. 그러므로 군자는 스스로 체득하려고 하는 것이다."라고 하였다.
   이는 학문의 조예(造詣)가 깊으면 자신의 주변에서 어떤 일을 하더라도 물의
   근원을 만나듯 도(道)의 근원을 알게 된다는 뜻이다.

姜静一堂星夫子

昔從艮齋曰

求道斷無他

于今三十載

造詣果如何

歲在庚子二〇二〇年清明 傅齋姜球敬書

설날 아침 지아비께[1]

元朝敬呈夫子 庚寅

사람이 참으로 도를 듣지 못하면
죽지 않는다 해도 경사가 아니랍니다.[2]
오로지 공부자의 가르침을 따라서
한결같은 마음으로 성(誠)과 경(敬)을 다하셔요.

人苟未聞道、不死亦非慶。
惟將夫子訓、一心盡誠敬。

---

1 경인년(1830)에 짓다. (원주)
2 『논어(論語)』「이인편(里仁篇)」에 "아침에 도를 들으면 저녁에 죽어도 괜찮
   다.[早聞道, 夕死可矣.]"라고 하였다. 『논어징(論語徵)』에서는 이 말을 이렇
   게 추가 설명하였다.
   "'저녁에 죽어도 좋다.'는 것은 공자가 자신의 도를 구하는 마음이 이처럼
   간절하다는 것을 스스로 말한 것이다. 후세 사람들이 시를 배우지 않아서
   언어의 도리가 본래 이와 같다는 것을 알지 못하였기 때문에 지나치다고
   의심하였다.['夕死可矣', 孔子自言其求道之心若是其甚也. 後人不學詩, 不知言
   語之道本, 若是, 故疑其過甚.]"

姜靜一奎元朝敬呈夫子

人苟未聞道
不死亦非慶
惟將夫子訓
一心盡誠敬

庚子二〇二〇年四月廿二日 五代僑裔 姜球敬書

71

뜨락의 풀을 뽑다
除庭草

작은 호미로 더부룩한 잡초를 뽑아내니
시원한 비가 흙먼지를 씻어주네.
비록 염계 선생 뜻에는 부끄럽지만[1]
산속 초가집에도 옛 길이 열렸구나.

小鋤理荒穢、快雨灑塵埃。
縱愧濂翁意、山茅舊逕開。

---

1 송나라 학자 주염계(周濂溪)가 창 앞의 풀을 뽑지 않고 그냥 두자 어떤 사람
   이 물으니 "저 풀이 살고 싶어하는 마음이 나와 똑같다[與自家意思一般]"고
   하였다. 『송원학안(宋元學案)』 권12 「염계학안(濂溪學案) 하 부록」에 나오는
   말이다.

小鋤理荒穢
快雨灑塵埃
縱愧瀛翁意
山弟舊逕開

姜靜一堂
除庭草
庚子清明
二〇二〇年四月
敬書于
雅壽軒
傍齋
菁球

조카 성규에게 보이다
示誠圭姪

선생께서 너의 효심을 알아
너로써 형의 뒤를 잇게 하셨지.
바라기는, 네가 선생 섬기기를
부모와 한가지로 하려므나.

先生知爾孝、以爾承兄後。
願爾事先生、一如事父母。

姜静一堂示诚主妇

先生知爾孝

以爾承兄後

顧介事先生

一如事父母

庚子清明二〇二〇年 傍卣 善球敬書

임오년 겨울에 남편이 나에게 오언절구 한 수를 보여
주며 학문에 계속 힘쓰도록 격려했는데, 내가 미처
화운시를 짓지 못하였다. 어젯밤 꿈속에서 갑자기
차운시를 지었는데, 깨어난 뒤에도 뚜렷이 기억나
기에 곧바로 써서 보존한다.[1]

壬午冬, 夫子示余五絶一首, 勉志業之進就, 余未及仰和矣.
忽於昨夜夢中, 追次前韵, 旣寤而猶記, 遂錄以存之. 壬辰 卽
屬纊前三日.

남은 생이 사흘 밖에 되지 않아
성현이 되겠다던 기약을 저버려 부끄럽네요.
사모하던 증자를 생각해보니
자리를 바꾸어[2] 바르게 마칠 때입니다.

餘生只三日、慚負聖賢期。
想慕曾夫子、正終易簀時。

---

1 임진일이니, 임종 사흘 전이다. (원주) 임오년은 1822년이다.
   원문의 촉광(屬纊)은 임종을 가리키는 말이다. 숨을 거두려는 사람의 코에
   새 솜을 대어 숨을 계속 쉬는지 알아본 데서 유래하였다.
   제목이 길지만, 그대로 번역하였다.
2 책(簀)은 와상(臥床)의 깔개이다. 증자(曾子)가 병환 중에 대부(大夫)의 신분
   에 걸맞은 화려한 깔개를 깔고 있었는데, 임종(臨終)할 당시 자신의 분수에
   맞지 않는다고 하여 제자들로 하여금 깔개를 바꾸게 하고 죽었다는 이야기
   가 『예기(禮記)』「단궁(檀弓) 상」에 전한다. 그뒤부터 스승이나 현인의 죽음
   을 표현할 때에 역책(易簀)이라 하였다.

姜靜一堂詩 五午呈夫子示余五絕一首 勉志業之進就

餘生只三日
慚負聖賢期
想慕曾夫子
正終易簀時

余未及仰
和美忽抱
昨夜夢中
追次前韻
既寤而猶
記追錄以
存之壬辰
即屬纊前
三日

庚子二○二○年四月 五代傍裔 姜球敬書

77

주경[1]

主敬 以下, 年條未考.

만물의 이치가 천지에 근원하였으니
한마음으로 성(性)과 정(情)을 통괄하네.[2]
경(敬)으로 주를[3] 삼지 않으면
어찌 먼 길을 갈 수 있으랴.

萬理原天地、一心統性情。
若非敬爲主、安能駕遠程。

---

1 이하의 시들은 창작 연대가 확실치 않다. (원주)
2 『주자어류(朱子語類)』 권5에 "인(仁)은 바로 성(性)이고, 측은(惻隱)은 바로
  정(情)인데, 이것이 모두 마음에서 발생하는 것이니 마음이 성과 정을 통솔하
  는 것이다." 하였다. 송나라의 학자 임은(林隱) 정복심(程復心)이 「심통성정
  도(心統性情圖)」를 상도(上圖)·중도(中圖)·하도(下圖)의 세 가지 그림으로
  요약하였는데, 조선조에 들어와 퇴계(退溪) 이황(李滉)이 중도와 하도가 온
  당하지 못하다는 이유로 개정하고 「심통성정도설(心統性情圖說)」을 지었다.
3 주희가 「경재잠(敬齋箴)」을 지었는데, 40구에 달하는 이 글에서 학문은 모름
  지기 경(敬)을 위주로 해야 함을 구체적으로 제시하였다. 『심경(心經)』 권4에
  실려 있다.

姜靜一堂 主敬

萬理原天地
一心統性情
若非敬為主
安能駕遠程

庚子二〇二〇年罒月傍齋善球 敬書

가을 매미 소리를 들으며

聽秋蟬

온 나무에 가을 기운이 드니
매미 소리에 저녁 햇볕이 어지럽구나.
물성에 감응하여 나직히 읊조리며
숲 아래를 홀로 거니네.

萬木迎秋氣、蟬聲亂夕陽。
沈吟感物性、林下獨彷徨。

萬木迎秋氣

蟬聲亂夕陽

沈唫感物性

林下獨彷徨

姜靜一萃 傍先祖母詩聽秋蟬

庚子二〇二〇年三月 姜球謹書

81

공자님을 우러르며
仰孔夫子

크도다! 부자의 덕이여.
아득히 넓은 바다처럼 끝이 없구나.
아! 기껏 표주박으로 바다를 헤아리는 자가
어찌 모든 강 받아들임을 알랴.[1]

大哉夫子德、滄海浩無邊。
嗟爾測蠡者、安知納百川。

---

1 한(漢)나라 동방삭(東方朔)의 「답객난(答客難)」에 "표주박으로 넓은 바다를
   헤아리고 작은 나뭇가지로 큰 종을 친다.[以蠡測海, 以莛撞鐘.]"하였다.

姜静一堂仰孔夫子

大哉夫子德
滄海浩無邊
嗟爾測蠡者
安知納百川

庚子二〇二〇年四月 五代偉孫 善球謹書

손님이 오다
客來

멀리 사는 사람이 남편을 그리워하여
북관¹에서부터 찾아왔다고 하네.
집이 가난해 음식이 다 떨어졌으니
남은 거라곤 술 석 잔²뿐일세.

遠人慕夫子、云自北關來。
家貧曷飮食、唯有酒三杯。

---

1   함경도는 철령관(鐵嶺關)의 북쪽에 있으므로 관북이라 부르고, 평안도는 철
    령관 서쪽에 있으므로 관서라고 부른다. ―『연려실기술』별집 제16권, 「지리
    전고(地理典故)」
2   주희(朱熹)의 「취하여 축융봉을 내려오며 짓다[醉下祝融峯作]」에서 "내 만
    리에 장풍을 타고 오니, 절벽과 층운에 가슴이 트이네. 막걸리 석 잔에 호기
    로운 흥이 일어, 낭랑히 시 읊으며 축융봉을 내려오네.[我來萬里駕長風, 絶壑
    層雲許盪胸, 濁酒三盃豪興發, 朗吟飛下祝融峯.]"라고 하였다. 알맞게 주흥이
    오르는 주량을 가리킨다.

遠人慕夫子

云自北關來

家貧昌飲食

唯有酒三杯

姜靜一堂客來 二〇一〇年四月傍鷗姜球敬書

큰길[1]로 이어지는 우리 집 탄원 앞길
坦園前路通乎康莊

슬프구나! 망해 가는 세상이여.[2]
갈 길 잃어버린 자가 몇 사람인가.
넓고 평탄한 우리 집 길이
고삐를 바로잡고 가는 길이 되소서.

哀哉叔季世、幾人逐迷程。
坦坦吾家路、願言直轡行。

---

1   원문은 강장(康莊)인데, 『이아(爾雅)』 「석궁(釋宮)」에, "오달(五達)의 길을 강(康)이라 하고, 육달(六達)의 길을 장(莊)이라 한다." 하였고, 『사기(史記)』 「맹순전(孟荀傳)」에, "강장의 거리에 제택을 열겠다[爲開第康莊之衢]"고 하였다. 강장(康莊)은 번화한 거리라는 뜻으로, 흔히 서울 거리를 뜻하는 말로도 쓰인다.
2   원문의 숙계세(叔季世)는 말세(末世)라는 뜻이다. 숙(叔)과 계(季)는 끝[末]이라는 뜻이므로 쇠란(衰亂)한 세상을 숙세(叔世)라 하고, 망하게 된 세상을 계세(季世)라 한다.

哀哉斯季世

戞戞人逐迷

坦坦吾家程

頹言直路行

姜靜一堂坦園前路通乎康莊

庚子二〇二〇年四月廿五代儔菴善球敬書

87

성誠과 경敬
誠敬吟

성(誠)이 아니면 무엇이 있겠으며
경(敬)이 아니면 무엇이 존재하겠는가.
오직 이 두 가지만이[1]
도(道)에 들어가는 문이라네.[2]

非誠曷有、非敬曷存。
唯斯二者、入道之門。

---

1 회재(晦齋) 이언적(李彦迪)이 양재역 벽서사건으로 강계에 유배되었을 때에
   지은 「성경음(誠敬吟)」에서 "한 몸이 양의(兩儀, 천지)에서 분리되어 나왔다
   [兩儀中自一身分]"고 하였다.
2 이언적이 같은 시에서 "성경을 보존하여 천군을 섬길 뿐이로다[只存誠敬事天
   君]" 하였는데, 천군은 인간 본연의 순수한 마음을 가리킨다.

姜静一坐 诚敬吟

非诚曷有非敬曷存
唯斯二者入道之门

庚子二〇二〇年四月 傍门孙善球敬书

담배 피우기를 경계하신 시조부님 시에
삼가 차운하다
謹次王舅戒吸烟草韵

악초는 피우지 말아야 하니
옛적에는 이름조차 들어보지 못했네.
하물며 우리 시조부님 훈계하심이
후세까지 분명하게 이어지고 있음에랴.

惡草不宜吸、於古未聞名。
矧余王舅訓、垂後甚分明。

姜静一堂谨次王舅戒吸烟草韵

惡草不宜吸

於古未聞名

知余王舅訓

垂後甚分明

庚子二〇二〇年四月 傍波孫善球敬書

우연히 읊다

偶吟

한결같으신[1] 선생의 뜻이여.
오로지 옛 성인 배우기만 바라셨네.
알면 반드시 행동으로 실천하고
사물에 응할 때에는 몸을 먼저 바르게 하셨네.[2]

斷斷先生志、唯期學古聖。
有知行必踐、應物身先正。

---

1   원문의 단단(斷斷)은 『서경(書經)』「진서(秦誓)」에 나오는 말이다. "어떤 한
    신하가 있는데, 그는 한결같이 정성스럽기만 할 뿐 다른 특별한 재주는 없으
    나, 그 마음이 널찍하여 모두 받아들이는 것 같다. 남이 재능을 지니고 있으
    면 자기가 지닌 것처럼 기뻐하고, 남에게 훌륭한 점이 있으면 자기 마음속으
    로 좋아하여, 마치 자기 입에서 나온 것처럼 여길 뿐만이 아니라면, 그런
    자는 진실로 남을 잘 포용하여 우리 자손과 백성을 보전할 수 있을 것이다.
    [若有一介臣, 斷斷兮無他技, 其心休休焉, 其如有容焉, 人之有技, 若己有之, 人
    之彦聖, 其心好之, 不啻若自其口出, 寔能容之, 以能保我子孫黎民.]"
2   시집의 마지막 작품이다.

姜静一室偶吟

斷斷先生志　唯期學古聖　有知行必踐　應物身先正

庚子二〇二〇年冒僑後裔姜球敬書

종인宗人 동백東伯 성대聲大[1]에게 부치다[2]

奉寄宗人東伯 聲大○代夫子作○辛卯正月○拾遺

언론에는 언제나 장자의 기풍이 있어
관동을 순선(旬宣)하니[3] 그 다스린 공을 다들 칭송하네.[4]
아가위나무[5] 동헌에서 일 없으면 시 읊으시니
산봉우리 달과 시내 구름이 한 폭의 그림 같구나.

言議常存長者風。旬宣東道誦治功。
棠軒無事吟詩處、嶺月川雲似畫中。

---

1 정일당의 남편과 비슷한 또래의 집안사람으로는 윤성대(尹聲大, 1776~?)가
  있는데, 자가 응여(應汝)이다. 이 시 제목에는 자가 동백(東伯)이라고 하였지
  만, 같은 사람으로 보인다. 1804년 식년시에서 진사 3등 31위로 합격하였고,
  1827년 증광시 문과에서 병과 23위로 급제하였다. 1832년 성균관 대사성(大
  司成)에 임명되었고, 이조참의 등을 역임하였다. 1834년 왕실 제사에 예방
  승지로 참여하여 가선대부(嘉善大夫)에 올랐고, 1836년에 경상도 관찰사를
  거쳐 이조참판 등을 역임하였다.
2 남편을 대신하여 짓다. 신묘년(1831) 정월. 빠진 것을 뒷날 보충하였다. (원주)
3 순선(旬宣)은 관원이 한 도를 순찰하여 왕의 정사를 선포한다는 뜻인데, 여
  기서는 관찰사의 직무를 가리킨다. 『시경(詩經)』 대아(大雅) 「강한(江漢)」의
  "임금께서 소호에게 명하셨네. 널리 정사를 펼치라[王命召虎, 乃旬乃宣]"라
  는 구절에서 나온 말이다.
4 윤성대가 1830년 7월 3일 강원도관찰사에 임명되어 부임하였다.
5 소(召)나라 목공(穆公) 호(虎)가 남쪽을 순행하다가 아가위나무 아래에서 쉬
  며 백성들을 돌보자, 백성들이 그의 덕에 감복하여 이 나무까지도 소중하게
  간직하며 노래를 불렀다. "무성한 저 아가위나무 / 베지도 말고 치지도 말라
  / 소백님이 머무신 곳이라네[蔽芾甘棠, 勿翦勿伐, 召伯所茇]". 『시경(詩經)』
  소남(召南)에 실린 시 「감당(甘棠)」은 어진 수령을 예찬하는 시로 많이 쓰였
  으며, 수령이 다스리는 동헌을 당헌(棠軒)이라고도 하였다.

姜靜一墨春奉寄宗人東伯聲大代夫子作辛卯正月拾遺

言議常存長者風
旬宣東道誦治功
棠軒無事吟詩處
嶺月川雲似畫屏

庚子二〇二〇年四月敬書于山姜村雅齋於王代偉畜善球

아끼던 물건들에게 새겨준 짧은 시

명銘

  명(銘)이란 어떤 사람이나 사물을 칭찬하는 내용을 오래 전하기 위해 돌이나 쇠붙이에 새기는 글이다. 유협(劉勰)은 『문심조룡(文心雕龍)』에서 "명(銘)은 칭찬하는 목적을 겸하는 글이므로, 문체가 여유롭고 윤택함을 중요시한다. 내용은 반드시 정밀하고도 명석해야 하며, 표현은 반드시 간결하고도 깊이가 있어야 한다."고 하였다.

  돌이나 쇠붙이에 많은 글자를 새기려면 힘들기 때문에, 자연스럽게 글자 수가 적어졌다. 비석이나 그릇의 크기도 정해져 있어서, 글자 수가 적어질 수밖에 없었다. 감정을 함축하려다 보니 명(銘)은 산문이면서도 운(韻)을 가지게 되어, 삼언시나 사언시 형식의 짧은 시가 많다.

  무덤 앞에 세우는 묘비명에는 산문이 본문을 이루고, 운문 명은 그 내용을 요약하여 칭찬하는 역할을 했다. 문인들은 서재에서 늘 가까이 하는 문방사우(文房四友)에 명을 새겼는데, 이 가운데는 자신의 생활관이나 가치관을 요약한 좌우명도 있었다.

필통에 새긴 명
筆筒銘

거문고 재목으로는 알맞지 않아
문방의 벗으로 간직하였네.
좋은 친구에게[1] 보내드리니
두터운 마음을 잊지 마시게.

違琴材、庋文房。
良友贈、篤不忘。

---

1 좋은 친구는 필통을 선물로 받는 친구이기도 하지만, 문방사우(文房四友)를
   가리키기도 한다. 한유(韓愈)가 『사기(史記)』의 필법을 모방하여 붓을 소재
   로 「모영전(毛穎傳)」을 지으면서, 붓과 먹과 벼루와 종이 등 이른바 문방사
   우에 대해서 각각 관성자(管城子), 진현(陳玄), 도홍(陶泓), 저선생(楮先生)으
   로 의인화(擬人化)하여 친구로 삼았다.
   "모영은 강(絳) 땅 사람 진현(陳玄)과 홍농(弘農)의 도홍(陶泓)과 회계(會稽)
   의 저선생(楮先生)과 매우 친하여 서로 추천하고 초대하면서 나아가고 물러
   나기를 반드시 함께하였다."
   강 땅은 먹의 명산지이므로 진현은 먹을 의인화한 것이고, 홍농은 벼루의
   명산지이므로 도홍은 벼루를 의인화한 것이며, 회계는 종이의 명산지이므로
   저선생은 종이를 의인화한 것이다.

違琴林庋文
屏良友贈薰
不忘

姜静一堂筆簡銘

二三〇年冒傍喬善珠敬書

99

서안書案 명
案銘

팔꿈치가 여기서 떨어지지 않으니[1]
그 공으로 한평생을 계획하네.
엄한 스승을 대하듯
하루 종일 경외하리라.

肘不離此、功以歲計。
如對嚴師、終日敬畏。

---

1 정자(程子) 형제의 수제자로 세상에서 구산(龜山) 선생으로 일컬어진 양시
(楊時)의 일화이다. 『학림옥로(鶴林玉露)』 권5에 "호담암이 양구산을 만났을
때 구산이 두 팔꿈치를 들어 보이면서 '내가 이 팔꿈치를 책상에서 떼지 않은
것이 30년이나 되었는데, 그런 뒤에야 도에 진전이 있었다.'고 하였다.[胡澹
庵見楊龜山, 龜山擧兩肘示之曰, 吾此肘不離案三十年, 然後於道有進.]"는 말이
나온다. 담암(澹庵)은 호전(胡銓)의 호이다.

肘不離此功以歲計

如對嚴師終日敬畏

姜靜一堂案銘

庚子十二月 傍波齋 善球敬書

벼루상자 명
硯匣銘

몸집은 둔탁하나
먹물을 그윽하게 저장하네.
모름지기 잘 점검하여
더럽히거나 이지러지지 않게 하라.

鈍爲體、藏之密。
須點檢、無汙缺。

姜靜一坐硯匣銘

鈍為體 藏之密
須點檢 無汙缺

庚子二〇二〇年五月三日儉窩姜球敬書

103

부채 명
扇銘

달이 손에 있어
바람이 소매에 가득하네.[1]

月在手、風滿袖。

---

1 『추구(推句)』에서 "물을 움켜쥐니 달이 손에 있고, 꽃을 희롱하니 향기가
   옷에 가득하네.[掬水月在手, 弄花香滿衣.]"라는 구절을 부채에 어울리게 삼
   언시로 바꾼 표현이다.

姜静一堂扇铭

月在手風蕭袖

庚子二〇二〇年四月廿日傍喬姜球敬書

목조 명
木鳥銘

이것은 어떤 새인가?
탄원의 모퉁이에 서 있네.

是何鳥、坦園隅。

木鳥銘

是何鳥
坦圍隅

姜靜齋頌 庚子二〇二〇年

善球敬書

행장
行狀

　유인(儒人)[1]의 성은 강씨(姜氏)이고, 호는 정일당(靜一堂)이며,
본관은 진주(晉州)이다. 수양제(隋煬帝)가 동쪽으로 와서 고구려
(高句麗)를 칠 때에 병마원수(兵馬元帥) 이식(以式)이란 분이 수
(隋)나라 군사를 크게 격파하여 그 이름이 삼국(三國)에 떨쳤으
니, 이분이 바로 진주 강씨의 비조(鼻祖)이다. (그 뒤에도) 뛰어난
분들이 대를 이어 동방의 이름난 가문이 되었다.

　(고려시대의) 계용(啓庸)이란 분은 문과에 급제하여 국자감(國子
監) 박사(博士)로서 김방경(金方慶)을 도와 일본(日本) 정벌에 큰
공을 세우고, 진산부원군(晉山府院君)에 봉해졌다.

　3대를 지나 군보(君寶)라는 분은 문과에 급제하고 문하시중(門
下侍中)에 올라 봉산군(鳳山君)에 봉해졌으니, 시호는 문경(文敬)
이다.

　시(蓍)라는 분은 호가 양진당(養眞堂)으로, 문과에 급제하고 삼
중대광(三重大匡)[2] 문하찬성사(門下贊成事)에 올라 진산부원군(晉

1　고려·조선시대 특수층의 여인과 봉작을 받은 일반 사대부 여인을 외명부(外
命婦)라 하였다. 문무관(文武官)의 아내 경우에는 남편의 품계에 따라 정·
종1품 정경부인(貞敬夫人), 정·종2품 정부인(貞夫人), 정3품 당상관 숙부인
(淑夫人), 정3품 당하관·종3품 숙인(淑人), 정4품 혜인(惠人), 종4품 영인(令
人), 정5품 온인(溫人), 종5품 공인(恭人), 정6품 순인(順人), 종6품 의인(宜
人), 정·종7품 안인(安人), 정·종8품 단인(端人), 정·종9품 유인(儒人)의 품
계를 받았다. 남편 윤광연(尹光演)이 벼슬하지 않았지만, 벼슬하지 못한 선비
의 아내의 신주나 명정(銘旌)에 유인(儒人)을 존칭으로 썼다.

山府院君)에 봉해졌다. 시호는 공목(恭穆)이니, 그 사적이 『고려
사(高麗史)』에 실려 있다.[3]

회백(淮伯)이란 분은 호가 통정(通亭)으로, 문과에 급제하여 정
당문학(政堂文學)에 올랐다.

석덕(碩德)이란 분은 호가 완역재(玩易齋)로, 은일(隱逸)로 추천
받아 성균관 대사성과 사헌부 대사헌을 지내고, 이조참판과 예조
참판에 올랐다. 세종(世宗)을 섬겨 『국조오례의(國朝五禮儀)』를 편
찬하였고, 지돈녕부사(知敦寧府事)로 세상을 떠났다. 시호는 대민
(戴敏)이다.

희맹(希孟)이란 분은 호가 사숙재(私淑齋)로, 세 차례나 과거시
험에 장원(壯元)하고, 두 차례나 공신에 책봉되어 진산군(晉山君)
에 봉해졌다. 좌찬성(左贊成)으로 세상을 떠났으며, 시호는 문량
(文良)이다. 두 분 모두 명신전(名臣傳)에 수록되었고, 문집이 있
으니 『진산세고(晉山世稿)』이다.

구손(龜孫)이란 분은 문과에 급제하여 우의정(右議政)이 되었
고, 시호는 숙헌(肅憲)이다.

숙헌공의 증손(曾孫)인 극성(克誠)이란 분은 호가 취죽(醉竹)으
로, 문과에 급제하여 사인(舍人)이 되었고, 호당(湖堂)에서 사가
독서(賜暇讀書)하였다.

---

2 1308년에 충선왕이 복위하여 개정할 때 신설한 정1품 문관의 품계이다. 이전
   까지는 종1품계가 최고등급이었는데 이때 처음으로 정1품계가 설치된 것이
   다. 삼중대광은 중국에서 문산계제를 도입하기 전에 이미 고려왕조가 채택
   하고 있던 초기의 관계(官階)에서도 전체 16등급 중 제1위의 위치에 있었다.
3 『고려사(高麗史)』 권116 「심덕부(沈德符)」 열전과 권117 「강회백(姜淮伯)」
   열전에 실려 있다.

종경(宗慶)이란 분은 호가 매서(梅墅)로, 문과에 급제하여 사관(史官)에 천거되었으나 부임하기 전에 세상을 떠났다. 도승지(都承旨)를 증직받았다.

진휘(晉暉)라는 분은 호가 호계(壺溪)로, 예종(睿宗)의 능참봉이 되었다. 우계선생(牛溪先生)이 일찍이 '우리 학통을 이을 만하다[吾道有托]'고 인정하였는데, 불행하게도 일찍 돌아가셨다. 이 분들도 또한 모두 문집을 남기셨으니, 『진산속세고(晉山續世稿)』이다. 취제생원(取第生員) 진승(晉昇)이란 분의 둘째 아들로서 대를 이었다.

덕후(德後)라는 분은 호가 우곡(愚谷)으로, 『훈자격언(訓子格言)』을 짓고, 예조참판에 증직되었다.

석규(錫圭)라는 분은 호가 오아재(聱牙齋)로, 문과에 급제하였으나 화를 당하였다. 북쪽(갑산)과 동쪽(평해)에 유배되었다가, 10년 만에 사면되었다. 또 문장으로 권세가를 탄핵하다가 거슬려서, 벼슬이 군자감정(軍資監正) 지제교(知製敎)에 그쳤다. 이분이 바로 정일당⁴의 5대조이시다.

고조(高祖) 제보(濟溥)라는 분의 호는 무유당(無有堂)으로 통덕랑(通德郞)이다. 문장과 덕행으로 세 차례나 이조의 인사 명단에 올랐지만, 끝내 벼슬하지 못하였다.

증조(曾祖) 주우(柱宇)라는 분의 호는 취장재(就將齋)⁵로 경종(景宗) 계묘년(1723) 사마시(司馬試)에 급제하였다. 상소를 올려

---

4 원문의 주어는 계속 유인(孺人)이지만, 독자들이 이해하기 쉽도록 이후부터 정일당(靜一堂)으로 번역한다.

5 원문에는 '就將齋'로 되어 있지만, '鷲藏齋'로 바로잡는다.

윤지술(尹志述) 공의 원통함을 논하였다가, 소론(少論) 정권에 미움을 받아 종신토록 금고되었다. 문집을 남겨 집안에 전한다.

조부 심환(心煥)이라는 분과 부친 재수(在洙)라는 분은 모두 학행이 독실하였으나 일찍 돌아가셔서 이름을 알리지 못하였다.

어머니 안동권씨(安東權氏)는 청강처사(淸江處士) 서응(瑞應)의 따님이며, 옥소산인(玉所山人) 섭(燮)의 증손(曾孫)으로, 수암선생(遂庵先生)의 중제(仲弟)인 참판 상명(尙明)의 현손(玄孫)이다.

유인(孺人, 정일당)은 영종(英宗) 임진년(1772) 10월 15일에 제천(堤川) 근우면(近右面) 신촌(新村)의 외가에서 태어나셨다. 이보다 앞서 어머니가 임신하고 있을 때, 꿈에 두 성비(聖妣)가[6] 그 방에 강림하여 시자(侍者) 한 사람을 가리키며

"여기에 지극히 덕스러운 사람이 있으니, 이제 너에게 부탁한다. [此有至德, 今以付汝.]"

---

6 성비(聖妣)는 왕비를 가리키는데, 이 글에서는 순(舜) 임금의 두 부인이자 요(堯) 임금의 두 딸인 아황(娥皇)과 여영(女英)을 가리키는 듯하다. 『서경(書經)』 「요전(堯典)」에 "요임금이 두 딸을 규수(嬀汭) 북쪽에 시집보내 우순(虞舜)의 아내가 되게 하였다.[釐降二女于嬀汭, 嬪于虞.]"라고 하였다. 두 왕비는 남쪽 지방을 순행하다 창오산에서 죽은 남편 순임금을 애타게 그리워한 나머지 소상강 가에서 눈물을 흘리며 비파를 타다가 강물에 투신하여 죽었는데, 그들이 흘린 피눈물이 강가의 대나무에 배어 붉은 반점이 되었다고 한다. 흔히 이비(二妃)라고 한다.
또는 주나라의 어진 왕비이자 현모양처인 태임(太任)과 태사(太姒)를 가리키는 듯도 하다. 태강(太姜)은 태왕(太王)의 비(妃)로서 왕계(王季)의 모친이고, 태임은 왕계의 비로서 문왕(文王)의 모친이며, 태사는 문왕의 비로서 무왕(武王)의 모친인데, 이 세 여성을 주(周)나라의 삼모(三母)라고 한다.

하였다. 얼마 지나지 않아 정일당이 태어나니, 어머니가 마음속으로 기이하게 여겼다. 그 꿈을 따라서 지덕(至德)이라고 이름을 지었다.

정일당은 성품이 곧고 조용하며 담정하여, 기쁨과 노여움을 얼굴에 나타내지 않았다. 어려서부터 여러 아이들과 더불어 놀지 않고, 문지방 밖을 밟지 않았다. 비록 가냘프고 병이 많았지만 정력은 다른 사람보다 뛰어나서, 여성의 본분을[7] 가르치지 않아도 잘하였다. 물 뿌리고 쓸며 응답하는[灑掃應對][8] 일에도 조심스럽게 부모의 가르침을 받들었으므로, 보는 사람들이 혀를 차며 '하늘이 낸 사람'이라고 하였다. 청강공(淸江公)이 기특하게 여기고 사랑하며 말하였다.

"산수(山水)의 종형(從兄)이 일찍이 내게 말씀하시기를, '너의 어머니는 우리 권씨 집안의 첫째 가는 부녀자이니, 너는 모범을 보이라.' 하였다."[9]

---

7 원문의 여공(女紅)은 여공(女工)과 같은 말로, 바느질·길쌈 등을 가리킨다. 『한서(漢書)』「경제기(景帝紀)」에, "금수(錦繡)의 찬조(纂組)는 여공(女紅)을 해치는 것이다." 하였는데, 이에 대해 안사고가 "공(紅)은 공(功)으로 읽는다."라고 주를 달았다.

8 주희(朱熹)의 「대학장구서(大學章句序)」에 "사람이 태어나 8세가 되면, 왕공으로부터 서인의 자제에 이르기까지 모두 소학에 입학시켰다. 그리고는 물뿌리고 쓸며 응하고 답하며 나아가고 물러나는 예절과 예·악·사·어·서·수에 관한 글을 그들에게 가르쳤다.[人生八歲, 則自王公以下, 至於庶人之子弟, 皆入小學, 而教之以灑掃應對進退之節, 禮樂射御書數之文.]"라는 말이 나온다.

9 이 부분이 홍직필이 지은 정일당 묘지명에는 조금 다르게 기록되어 있다. "처사공(處士公)이 기특하고 사랑스럽게 여겨 말하기를, 산수헌(山水軒) 종형(從兄)이 일찍이 말씀하시기를, '너의 어머니는 우리 문중의 첫째 가는 부녀자이니, 너는 모범을 보이라.' 하였다."

여덟 살이 되자 아버지가 늘 "아녀자는 나쁜 일도 하지 말고, 훌륭한 일도 하지 말라."[10], "밤에는 반드시 등불을 밝히고 다니라."[11]는 등의 경전 말씀을 외어주며 가르쳤다. 정일당은 머리를 숙여 가르침을 듣고 따랐는데, 조금도 어김이 없었다.

어버이가 병이 들면 아무리 추운 겨울이나 더운 여름이라도 옷을 벗지 않고 눈을 붙이지도 않으며 약이나 음식을 직접 수발들었다. 무신년(1788)에 부친상을 당하자 슬퍼함이 법도를 넘어 거의 목숨이 위태로울[12] 뻔하였다.

집이 몹시 가난하여 어머니를 따라 바느질하고 베를 짰는데, 밤을 새우며 자지 않았다. 어머니가 너무 애쓰는 것을 딱하게 여겨 잠시 쉬게 하면, 정일당이 "피곤하지 않고, 잠도 오지 않아요."라고 답하여 어머니의 마음을 편안케 해드렸다. 노비(奴婢)

청강공이나 처사는 모두 권서응이니, 정일당의 외조부이다. 그렇다면 '너의 어머니[汝母]'가 아니라 '너의 딸[汝女]'이 맞으며, 이 부분의 주어는 정일당이 아니라 정일당의 친정어머니가 된다.

10 『시경(詩經)』 소아(小雅) 「사간(斯干)」에, "딸아이를 낳으면 땅에다 뉘어 놓고, 포대기로 감싸 주며 실패 가지고 놀게 하네. 그른 일도 없고 잘하는 일도 없이, 그저 술과 음식 마련할 의논만 하면 부모님 걱정 끼칠 일이 없으리라. [乃生女子, 載寢之地. 載衣之裼, 載弄之瓦. 無非無儀, 唯酒食是議, 無父母詒罹.]"라고 하였다. 그래서 '무비무의(無非無儀)', '유주식시의(唯酒食是議)'라는 말이 사대부들에게 딸을 가르치는 지침이 되었다.

11 『예기(禮記)』 「내칙(內則)」에 "여자는 문을 나갈 적에 반드시 그 얼굴을 가리며, 밤에 다닐 적에는 등촉을 사용하니, 등촉이 없으면 나가지 않는다.[女子出門, 必擁蔽其面, 夜行以燭, 無燭則止.]"고 하였다.

12 원문의 '상효(傷孝)'는 '이효상효(以孝傷孝)'의 준말인데, 효성이 지극한 나머지 어버이의 죽음을 너무 슬퍼하고 사모하여 병이 나거나 죽기까지에 이르러 도리어 효도를 상하는 일을 가리킨다.

들이 어쩌다 생선이나 과일 같은 것을 바치면, 아무리 배가 고프더라도 반드시 어머니에게 바쳤다.

신해년(1791)에 탄재(坦齋) 윤 선생(尹先生)에게 시집갔지만, 두 집안이 모두 가난하여 즉시 혼수를 장만하여 시댁으로 갈 수 없었다. 이듬해(1792)에 시아버지가 와서 보고, 십수 일을 머물었다. 그때 정일당의 말과 행실을 보고 매우 흡족하게 여기며, "우리 집안이 다시 일어나겠구나." 하였다.

계축년(1793)에 시아버지가 세상을 떠나고, 갑인년(1794) 여름에야 비로소 정일당이 남한강(南漢江)으로 배를 타고 시댁으로 왔다. 어머니가 타일러 말하였다.

"시어머님을 잘 받들고, 남편의 뜻을 어기지 말아라. 여러 동서와 친척들에게 너의 진심을 다하여라. 가난이란 늘상 있는 것이니, 언제나 운명에 맡기고 절대로 걱정하지 말아라."

정일당이 가르침을 받고 물러가, 종신토록 잊지 않았다. 사람이 없는 곳이나 어두운 밤중에도 말을 삼가지 않은 적이 없었고, 행실을 느긋하게 하지 않은 적이 없었다.

아침 일찍 일어나고 밤 늦게 잠들면서 극진히 효도하고 공경하였으며, 아침 저녁 문안드릴 때에는 반드시 절하였다. 맛있는 음식이 한 가지라도 생기면 반드시 잘 간수하여, 어버이를 섬기고 제사를 받드는 재료로 삼았다. 시어머니가 몹시 사랑하였지만, 감히 이를 믿고 조금이라도 게을리하는 적이 없었다. 시어머니가 돌아가실 때까지 16년을 하루같이 하였다.

기사년(1809)에 시어머니 상을 당하자 몹시 절실하게 슬퍼하였으며, 아침저녁 곡하는 것과 상식(上食)하는 절차에 성의와 예법을 다하였다. 때마침 흉년을 당한데다가 겨울이라 춥기까지 했는데, 집안에 양식이 다 떨어졌지만 힘을 다하여 장례를 치렀다. 모든 일을 반드시 직접 하다 보니 손과 발이 터서 동상을 입었다. 사람들이 어쩌다 '지나치게 고생한다'고 말하면, 정일당이 이렇게 말하였다.

"무슨 말씀인가요? 제가 하지 않으면 누가 하겠습니까?"

남편에게 지극히 공경하여, 외출할 때마다 하룻밤 이상 자고 오는 날에는 반드시 절하고 보냈으며, 돌아올 때에도 또한 이같이 하였다. 가정의 예법이 마치 조정(朝廷)같이 엄숙하였다.

남편에게 아우가 두 사람 있었는데 우애가 두터웠으며, 시부모가 돌아가신 뒤에는 더욱 잘 보살폈다. 계축년(1793)에 (친정 아우) 일회(日會)가 공부하러 서울로 와서 우리 선친에게 배워 마침내 행실이 단정한 선비가 되었으니, 정일당이 주선한 것이다. 남들이 남편의 형제에게 박하게 대하는 것을 보면 몹시 나무라며 말하였다.

"자기 남편만 사랑할 줄 알고 그 형제에게 박하게 대하면, 이는 시부모가 자식들을 똑같이 사랑하는 뜻을 알지 못하는 것이다."

시아버지의 상을 지낸 뒤에는 집안살림이 더욱 어려워졌다. 남편의 형님 숙암공(肅庵公, 光國)이 몇 간의 집을 지으면서 직접 허드렛일까지 했지만 어머니를 봉양하기에 넉넉지 않았다. 탄재 선생도 상복을 입은 채로 충청도와 경상도를 바삐 돌아다니면서 생계를 도모하였다. 그러자 정일당이 (남편에게) 울면서 학문을 권면하였다.

"사람이 배우지 않으면 사람 된 도리를 할 수 없습니다. 올바른 길을 버리고 생계나 도모하는 것이 학문을 하면서 가난을 즐기는 것만 못합니다. 제가 비록 재주는 없지만 바느질과 베 짜는 것은 조금 알고 있으니, 밤낮 부지런히 일해서 죽이라도 끓여 올리겠습니다. 당신께서는 성현의 책을 공부하시고 집안일에는 마음 쓰지 않으시는 것이 좋겠습니다."

탄재(坦齋)가 그 말에 감동하여 사서(四書)와 정자(程子), 주자(朱子)의 책을 공부하였다. 정일당은 늘 바느질을 하면서 구석에 앉아 남편이 글 읽는 소리를 들었다. 이따금 글자의 획을 묻기도 하고, 글자의 음과 뜻을 묻기도 하였는데, 한번 살펴보면 곧바로 암송하였으며, 깊은 뜻을 이해하였다. 탄재가 크게 놀라서, 드디어 서로 강론(講論)하였으며, 날마다 새로운 것을 듣게 되었다.

몇 년이 지나자 정일당이 또 말하였다.

"배우고 행하지 않으면, 처음부터 배우지 않은 것과 같습니다. 성현의 가르침은 그 당연한 것을 알면 세상에 쓸 수 있습니다. 그러나 혼자 배우고 스승이나 벗이 없으면 고루함을 면할 수 없습니다. 당신도 스승을 찾고 벗을 사귀어 스스로 실력을 기르면 좋겠습니다."

탄재가 더욱 분발하여 스승의 문하에 나아가 가르침을 받고 여러 군자들을 따라 노닐게 되니 학업이 크게 나아졌다.

탄재가 춥고 굶주린 날이 많았는데 마침 먼 길을 떠나게 되자, 정일당이 절구 한 수를 지어 바치며 헤어지는 감회를 읊었다. 그러고는 사물이 순환되는 이치를 들어, 일시적인 일로 기뻐하거나 슬퍼하지 않도록 권면하였다.

무오년(1798)에 과천에서 객지생활을 하게 되어, 다른 사람이 비워둔 집을 빌려 살았다. 낮에는 호랑이와 표범이 울부짖고, 밤에는 도깨비들이 울어대는 곳이어서 눈에 보이는 것이 모두 황량하였다. 철마다 양식이 떨어지는데다가, 아이들이 죽기도 하였

116

다. 그런데도 정일당은 오히려 남편을 위로하였다.

"당신이 바른 것을 지키시면 사악한 것이 저절로 멀어질 것입니다. 배고프고 어려울 때일수록 더욱 은인자중하세요. 오래 살고 짧게 사는 것은 원래 정해진 운명이 있으니, 슬퍼할 필요가 없습니다. 그러나 내가 해야 할 도리를 다하지 못하였다면 누구를 원망하고 탓하겠습니까?"

탄재가 어쩌다 잘못하면 정일당이 반드시 신신당부하며 권면하였고, 사랑채에 있으면서 일 처리하는 것에 혹시 잘못이 있으면 편지를 보내어 급히 멈추게 하였다. 어느 대감이 탄재가 가난한 것을 딱하게 여기다가, 마침 천 냥을 가져와 벼슬을 청탁하는 사람이 생기자 대감이 탄재에게 편지를 보내어 권하였다.

"일은 잘될 것이니, 자네가 편지를 써서 그 사람을 나에게 소개하면, 내가 그 일을 성사시켜 주겠다."

그러나 정일당이 말렸다.

"천금을 가지고 나의 지조를 바꿔도 되겠습니까?"

그러고는 남편에게 권하여, (대감에게) 편지를 보내어 사양하게 하였다.

또 탄재가 수백 냥을 잃고서 근심하는 기색이 있자, 정일당이 말하였다.

"재물을 얻고 잃는 것은 운수에 달린 것이니, 어찌 반드시 마음에 새겨 두십니까? 어머님께서도 '항아리가 이미 깨어졌으면, 쳐다본들 무슨 득이 되겠느냐?'고 하시지 않았습니까? 대장부가 이같이 작은 일로 우울해하실 게 아닙니다."

탄재는 본래 벼 한 섬도 없었지만, 3대 선조 일곱 분의 묘를 천 리나 되는 먼 곳으로 이장하였다. 형제와 친족들을 위하여 후사

(後嗣)를 세워준 것이 일고여덟 명이나 되었으며, 친척들의 혼례나 장례를 치러준 적도 또한 많았다.

탄재는 먼 지방에 있는 스승이나 친구들과 자주 교제하였는데, 정일당이 죽을 힘을 다해 집안살림을 지켜냈다. 가정을 다스리는 법도가 반듯하여, 가깝고 먼 사람들을 접대하는 데에 한 번도 모자람이 없었다.

탄재는 손님 접대하기를 좋아하는 성품이어서 문안에는 언제나 신발이 가득하였다. 정일당은 그 뜻을 받들어 손님이 올 때마다 정성을 다하여 대접하였다. 거친 밥에 나물국, 막걸리에 작은 안주라도 반드시 정결하게 차려서, 손님들이 가난함을 잊고 맘껏 즐기게 하였다. 참으로 어려운 일이라고 칭찬하는 사람이 있으면 정일당은 이렇게 대답하였다.

"이것은 부인이 할 일 가운데 작은 것입니다. 이것도 제대로 못 한다면, 부인의 직분을 어떻게 다하겠습니까?"

정일당은 평소에 끼니도 잇지 못할 정도였지만, 여러 해 동안 재산을 모아서 수십 꾸러미나 되는 돈을 마련하여 인륜 대사를 다하였다. 그러나 끝내 입을 다물고, 자기의 공을 자랑하지 않았다. 남에게 빌린 것이 있으면 날짜를 지켜서 갚았다. 하다못해 옷가지나 비녀를 팔아서라도 그 기한을 넘기는 법이 없었다.

정일당이 일찍이 이렇게 말하였다.

"사람이 가난하고 부유한 것은 저절로 분수가 정해져 있다. 가난한 선비의 아내가 늘 가난을 싫어하는 마음을 지녀 시부모를 원망하거나 남편을 헐뜯는 일이 있게 되면, 이는 사람의 도리가 아니다."

또 이런 말도 하였다.

"의롭지 않은 재물은 죽어도 받지 말아야 한다. 하물며 죽을 처지도 아닌데 받을 수 있겠는가?"

그래서 물건 하나라도 보게 되면 반드시 먼저 받아 마땅한 것인지 아닌지를 따져보았다. 또 이런 말도 하였다.

"선량함은 다스림의 근원이고, 이해득실은 어지러움의 중추이다. 만약 이해득실로 꾀는 사람이 있으면 마땅히 올바름을 지켜 멀리할 뿐이다."

평소 생활하면서 빠른 말이나 황급한 행동을 하지 않았고, 꾸짖는 소리가 노비들에게 들리지 않았다. 사랑채에서 음악을 연주하고 광대들이 놀더라도 문틈으로 엿보지 않았다. 밤에 등촉(燈燭)을 들지 않으면 섬돌 아래로 내려서지 않았다.

재물을 사용할 때에는 남을 위한 일에 먼저 쓰고 나를 위한 일은 나중에 하였다. 음식을 나눌 때에 돌아가신 분을 먼저하고, 산 사람은 나중에 하였다. 잘된 일은 남에게 공을 돌리고, 잘못된 일은 자신에게 허물을 돌렸다.

남의 장점을 선양할 때에는 뒤질까 걱정하였고, 자신의 능력은 감춰서 남들이 알까 걱정하였다. 미워하는 사람이라도 그의 장점은 칭찬하였고, 사랑하는 사람이라도 그 잘못을 모른 척하지는 않았다. 그러나 한 번도 남의 허물을 말한 적이 없었다. '자신의 허물은 다스리지 않으면서 남의 허물을 탓하는 것이 옳겠는가?' 생각하였다.

남편을 헐뜯는 사람이 있으면 남편에게 권하여 더욱 두텁게 대하도록 하면서, "나의 최선을 다할 뿐입니다." 하였다.

정일당은 평생 학문에 독실하여 하늘과 사람의 이치를 탐구하였으며, 성명(性命)의 근원을 연구하였다. 존양(存養) 성찰(省察)

에 힘을 다하여 경(敬)과 의(義)를 함께 닦았는데, 움직일 때나 쉴 때나 한결같았다.

젊었을 때에 『중용(中庸)』의 계신장(戒愼章)[13]을 읽으며 정밀한 뜻을 분석하였는데, 은연중에 주자(朱子)의 오묘한 뜻에 합치하였다. 한가히 머물며 일이 없을 때에는 문을 닫고 단정히 앉아서 성품이 발동하기 전의 경지를 체득하였다. 스스로 "정신의 기운이 화평할 때는 문득 춥고 배고픈 것과 질병의 괴로움까지 모두 잊는다"고 하였다.

일찍이 '주자가 동안(同安)에 있을 때에 종소리를 듣다가 그 소리가 미처 끊어지기도 전에 이 마음에 이미 다른 마음이 일어났다'[14]는 글을 읽고는 아침저녁 종소리를 들을 때마다 묵묵히 그 사실을 체험해보곤 하였다.

서당 아이들이 두레박을 치면서 놀았는데, 치는 숫자에 절도

---

13 『중용(中庸)』의 제1장을 가리킨다.
"사람은 도(道)에서 떠날 수 없으니, 만약 떠날 수 있다면 그것은 도가 아니다. 그러기에 군자는 자기의 모습이 남에게 보여지지 않는 곳에서도 조심스럽게 행동하고, 자기의 목소리가 남에게 들리지 않는 곳에서도 두려워하는 것이다. 숨은 것보다 더 잘 드러나는 것은 없으며, 미세한 것보다 더 잘 나타나는 것도 없다. 그러기에 군자는 자기 혼자 있을 때에도 조심스럽게 행동하는 것이다.[道也者, 不可須臾離也, 可離非道也. 是故君子戒愼乎其所不睹, 恐懼乎其所不聞, 莫見乎隱, 莫顯乎微, 故君子愼其獨也.]"

14 『주자어류(朱子語類)』에 실린 주희의 어린 시절 체험을 가리킨다.
"오늘날 학자들이 장족의 진전을 이루지 못하는 것은 마음이 학문에 있지 않기 때문이다. 내가 소년 시절 동안(同安)에 있을 때 밤에 종고(鍾鼓) 소리를 들었는데, 그 울리는 소리가 미처 끊어지기도 전에 이 마음에 이미 딴 생각이 일어났다. 이로 인하여 경계하고 두려워하여 마침내 학문은 모름지기 전심치지(專心致知)해야 한다는 것을 알았다."―『주자어류(朱子語類)』권104「자론위학공부(自論爲學工夫)」

가 없었다. 그러자 정일당이 그들이 치는 소리를 고르게 시켜서 마음이 잡히고 놓이는 경지를 시험하였다. 또 어떤 때는 바늘을 가지고 바느질을 하면서, '여기부터 저기에 이를 때까지 이 마음을 바꾸지 않겠다'고 기약하였다. 그러고는 스스로 "처음에는 마음이 들떠 흔들렸으나 차츰 깊이 익숙해져, 만년에 이르러서는 마음의 겉과 속이 태연하게 되었다"고 말하였다.

십삼경(十三經)[15]을 두루 읽으면서 깊이 침잠하여 연구하였으며, 늘 홀로 머물며 읊조렸다. 전적들을 널리 보아서 고금 치란(治亂)의 자취를 손바닥 들여다보듯 환하게 알았다. 글씨 쓰기를 좋아하여 늘 등불 아래에서 붓글씨를 썼는데, 필획이 굳세고도 단정하였다.

시할아버지 정심재(正心齋)의 필법과 황도곡(黃道谷)[16]·홍간재(洪艮齋)[17]·권천유(權天游)[18]의 글씨를 모사(模寫)하였다. 또한 심재(心齋)[19]와 강재(剛齋)[20]의 반행서(半行書)를 배웠는데, 은구(銀鉤)[21]·철삭(鐵索)[22]이 하나같이 심화(心畫)[23]에서 나왔다.

---

15 한나라 때 학관(學官)에 세운 『시경(詩經)』·『서경(書經)』·『역경(易經)』·『예기(禮記)』·『춘추좌씨전(春秋左氏傳)』의 5경에다, 당나라 때 『공양전(公羊傳)』·『곡량전(穀梁傳)』·『의례(儀禮)』·『주례(周禮)』를 합쳐 9경이 되었고, 여기에 다시 『논어(論語)』·『효경(孝經)』·『이아(爾雅)』를 보태어 12경이라 했다. 송나라 때 다시 『맹자(孟子)』를 보탰으며, 명나라 때 이들을 합쳐 13경이라 일컬었다.

16 도정(都正) 황운조(黃運祚)의 호이다. (원주)

17 교리(校理) 홍의영(洪儀泳)의 호이다. (원주)

18 진사(進士) 권복인(權復仁)의 호이다. (원주)

19 성담(性潭)이 본래 호이다. (원주)

20 남편 윤광연의 스승 송치규(宋穉圭)의 호이다.

시인의 성품과 서법을 잘 보여주는 정일당 유묵

---

21 진(晉)나라 색정(索靖)이 서법(書法)을 논하면서 "멋지게 휘돌아 가는 은빛
   갈고리[婉若銀鉤]"라는 표현으로 초서를 형용하였다. 『진서(晉書)』 권60 「색
   정전(索靖傳)」에 보인다.

22 철삭(鐵索)은 석고문(石鼓文)과 같은 고문자(古文字)를 말한다. 한유(韓愈)가
   「석고가(石鼓歌)」에서 석고문의 글씨에 대해 "금줄 쇠사슬 얽어맨 듯 웅장하
   고, 옛 솥에 끓는 물인 듯, 용으로 변해 날아간 북인 듯[金繩鐵索鎖紐壯, 古鼎
   躍水龍騰梭]"이라고 표현하였다.

23 군자의 글씨를 가리킨다. 한나라 양웅(揚雄)이 지은 『법언(法言)』 권5 「문신
   (問神)」에 "말은 마음의 소리요, 글씨는 마음의 그림이다. 따라서 소리와 그
   림으로 나타난 것만 보아도, 그 사람이 군자인지 소인인지 알 수가 있다.[言
   心聲也, 書心畫也, 聲畫形, 君子小人見矣.]"라는 말에서 유래하였다.

122

정일당은 시율(詩律)에도 조예가 깊어 별로 힘들이지 않고도 저절로 시가 이루어졌으며, 문장은 서른 이후에 비로소 지었다. 사람들이 탄재(坦齋)에게 청하였는데 미처 응하지 못하고 있으면, 정일당이 이따금 대신 지어주면서 말하였다.

"이것은 부인이 할 일이 아니니, 남들이 알까 두렵다."[24]

기미년(1799) 가을에 탄재가 중주(中洲) 이 판서(李判書)[25] 어른을 뵙고 말하다가 우연히 무오년(1798)에 지은 절구 한 수를 언급하였는데, 이 공이 몹시 칭찬하였다.

"어진 부부가 서로 경계하는 글이로다."

정일당이 그 말을 듣고는 부끄러워, 그때부터 더욱 감추고는 한마디 한 글자라도 절대로 남에게 보이지 않았다. 신사년(1821) 섣달 그믐날 밤에 비로소 시 한 수를 보였는데, 탄재가 말 한마디에도 더욱 조심하는 것을 알았기 때문이다.

정일당이 이런 말을 하였다.

"오륜(五倫)은 오상(五常)의 이치이다. 이는 모두 사람의 마음이 자연히 발로되는 것이지, 억지로 할 수 있는 것은 아니다."

또 (남편에게)[26] 이런 말도 하였다.

"스승이란 혈연관계는 아니지만, 세 분이 살려 주셨으니 똑같이 모셔야 합니다.[27] 그러므로 마음속으로 삼 년 동안 상복을 입

---

24 지금 『정일당유고』에는 "남편을 대신하여 지었다[代夫子作]"라고 작은 글자로 밝힌 작품이 많이 실려 있다.

25 직보(直輔)이다. (원주)

26 원문에는 "우왈(又曰)"이라고만 되어 있는데, 뒤에 '부자(夫子)'가 나오므로 남편에게 하는 말로 번역하였다.

습니다.[28] 요즘 사람들은 이런 사실을 알지 못하니, 당신께서는 옛 도리를 따르십시오."

『소학(小學)』에 대하여는 이렇게 논하였다.

"몸은 만 가지 일의 근원이고, 경(敬)은 한 몸의 주인이다. 그러므로 「경신편(敬身篇)」은 (소학의) 총론이다."

『대학(大學)』에 대하여는 이렇게 논하였다.

"학문에서 격물·치지(格物致知)보다 앞서는 것은 없다. 지금 사람들이 수신·제가(修身齊家)를 많이 잘못하는 것은 격물치지 공부에 공을 들이지 않았기 때문이다."

또 이렇게 말하였다.

"성명(性命)의 미세함과 일관하는 묘법은 한갓 한바탕의 공설화(空說話)로 할 것이 아니다. 모름지기 인사(人事)부터 먼저 살핀 뒤에 그 실상을 독실하게 연구해야 한다."

---

27 원문은 '생삼이일사지(生三而一事之)'인데, 『소학(小學)』 「명륜(明倫)」에서 나온 말이다.
  "백성은 세 가지로 살고 있으니, 세 분 섬기기를 한결같이 하라. 아버지가 나를 낳으시고, 스승이 나를 가르치시며, 임금이 나를 먹이셨다. 아버지가 아니면 태어날 수 없고, 먹이지 않으면 자랄 수 없으며, 가르치지 않으면 알지 못한다. 이 셋은 백성을 살게 하는 동류이니 셋을 하나같이 섬기고, 오직 섬기는 분에게 목숨을 바칠 것이다.[民生於三, 事之如一. 父生之, 師教之, 君食之, 非父不生, 非食不長, 非教不知, 生之族也. 故一事之, 唯其所在, 則致死焉.]"

28 원문의 '심상삼년(心喪三年)'은 『예기(禮記)』 「단궁 상(檀弓上)」에서 나온 말이다.
  "스승을 섬김에 당돌하게 하지 말고, 숨기는 것도 없어야 하며, 어느 때 어느 곳에서나 가까이 나아가 봉양한다. 죽을 때까지 부지런히 섬기며, 돌아가시면 심상 삼 년을 입는다.[事師, 無犯無隱, 左右就養 無方, 服勤至死, 心喪三年.]"

또 이렇게 말하였다.

"천명(天命)을 성(性)이라고 한 것은 자사(子思)가 도(道)의 본원을 지극하게 말씀하신 것이다. 경계하고 두려워해야 함을 가르쳐서 배우는 사람들로 하여금 공부해야 할 바를 먼저 알게 하신 것이지, 공중에 뜬 애매한 말이 아니다."

또 이렇게 말하였다.

"하늘이 내린 성품에는 애당초 남녀의 다름이 없다. 부인으로 태어나서 스스로 태임(太任)과 태사(太姒)가 되기를 기약하지 않으면, 이는 자포자기한 사람이다."

또 이렇게 말하였다.

"천지만물은 나와 더불어 한 몸을 이루는 것이니, 한 가지 사물의 이치라도 궁리하지 않으면 나의 한 가지 지식에 흠이 된다."

그래서 천지(天地)·귀신(鬼神)·괘상(卦象)·정전(井田)으로부터 곤충(昆蟲)·초목(草木)과 경사(經史)의 어려운 이치, 일상생활에서 의심나는 것에 이르기까지 하나하나 조목을 나열하여 탄재에게 질문하였다. 탄재는 아는 대로 답변해주고, 모르는 것은 스승과 친구들에게 물어서 답변하였다.

탄재도 어쩌다 의심스럽거나 어려운 것을 물어보면, 정일당이 뜻을 다하여 답변하였다. 그러고는 문답한 내용을 다 기록하여 두 편으로 만들고, 체행(體行)의 자료로 삼았다. 사람들의 말 한마디 행실 하나라도 착한 것이 있으면 듣는 대로 수록하여 모범으로 삼았다.

임오년(1822) 7월에 정일당이 위태로운 병을 앓다가 사흘 동안 기절한 뒤에 소생하는 바람에 답문편(答問編)과 언행록(言行錄)을 모두 잃어버리게 되었다. 그래서 정일당이 탄식하며, "평생 정력을 바친 것이 모두 다 없어졌다[29]"고 말하였다.

임진년(1832) 가을에 병이 위독해졌다. 세상을 떠나기 하루 전에 탄재가 들어가 보고 눈물을 흘리자, 정일당이 정색하면서 말하였다.

"죽고 사는 것은 운명이니, 어찌 슬퍼할 필요가 있습니까? 당신께서는 삼가 조심하십시오."

이해 9월 14일에 한양 약현리(藥峴里) 탄원(坦園) 집에서 세상을 떠나니, 향년 61세였다. 이웃 마을의 늙은이 젊은이들이 정일당의 부음을 듣고 모두 목 놓아 울었다. 문하에 있던 학도들과 어릴 적부터 양육받은 사람, 친히 인사드리고 배운 사람 수십 명이 모두 가슴에 흰 띠를 두르고 소리내어 곡하였다. 10월 30일 광주(廣州) 청계산(淸溪山) 동쪽 대왕면(大旺面) 둔퇴리(遁退里)[30] 임좌(壬坐, 남남동향)의 언덕에 안장하니, 선영에 모신 것이다.

윤자(尹子)[31]의 이름은 광연(光演)이고. 자는 명직(明直)이다. 강재(剛齋) 송 선생(宋先生)을 스승으로 섬겼는데, 강재가 그의 호

---

29 원문은 오유(烏有)인데, 한나라 사마상여(司馬相如)가 「자허부(子虛賦)」를 지으면서 실존하지 않는 가공의 세 인물인 자허(子虛)·오유선생(烏有先生)·무시공(無是公)을 등장시켜 서로 문답을 전개한 데서 온 말이다. 자허는 '빈 말'이라는 뜻이고, 오유선생은 '무엇이 있느냐?'는 뜻이며, 무시공은 '이 사람이 없다'는 뜻이다. 『사기(史記)』 권117 「사마상여열전(司馬相如列傳)」에 처음 보인다.

30 지금의 경기도 성남시 수정구 금토동 일대이다.

31 '자(子)'는 공구(孔丘)를 공자(孔子)라고 부르는 것처럼 스승에 대한 존칭이지만, '윤 선생'이라고 번역할 수는 없다. 송시열(宋時烈)을 송자(宋子)라고 높여 부르는 예가 있지만, '윤자(尹子)' 경우에는 학계에서 널리 쓰이는 칭호는 아니다.

를 탄재(坦齋)라고 지어 주었다.

그의 상계 선조 신달(莘達)이란 분은 고려 태조(太祖)를 보좌하여 태사(太師) 벼슬에 올랐고, 현손(玄孫)인 문숙공(文肅公) 관(瓘)이란 분은 여진(女眞)을 토벌하여 큰 공을 세우고 영평백(鈴平伯)에 봉해졌다. 문강공(文康公) 언이(彦頤)라는 분은 문학(文學)으로 이름이 높았으니, 부자의 이름이 모두『고려사(高麗史)』에 보인다. 9대를 지나 소정공(昭靖公) 곤(坤)이란 분은 좌리공신(佐理功臣)에 등록되어 파평군(坡平君)에 봉해지고, 이조판서 벼슬을 하였다.

3대를 지나 흥상(興商)이란 분은 호가 영은(永隱)으로, 도정(都正) 벼슬을 하였다. 광해군 때에 벼슬을 버리고 숨어 살았는데, 이조판서로 추증되었다. 부(傅)란 분은 호가 구사당(九思堂)인데, 장령(掌令) 벼슬을 하였다. 재신(在莘)이란 분은 호가 초어(樵漁)인데, 학행(學行)으로 천거되어 세자익위사 세마(洗馬)를 거쳐 현령(縣令)에 이르렀다. 매(杖)라는 분은 호가 포은(浦隱)으로, 이조참판에 추증되었다. 삼성(三星)이란 분은 호가 극재(克齋)로 우암선생(尤庵先生)을 스승으로 섬겼으며, 군수(郡守)를 지내고 호조판서에 추증되었다. 심진(心震)이란 분은 호가 정심재(正心齋)로, 지중추부사에 올랐다. 동엽(東燁)이란 분은 호가 자재(自齋)이니, 일찍이 미호선생(渼湖先生)의 문하에서 수학하여 문장과 행실로 이름이 있었다. 이분들이 바로 탄재의 10세·9세·7세·6세와 증조·조부·부친이다.

어머니 천안 전씨(天安全氏)는 생원 여충(汝忠)의 딸로, 호는 지일당(只一堂)이다. 이분의 행적은 강재선생이 글을 지었다.

탄재는 40년 동안 독실하게 공부하였는데, 안으로는 깨우쳐 주는 훌륭한 부인이 있고 밖으로는 어진 스승이 있어 유문(儒門)

의 명망을 모았다. 그러나 규중에서 절차탁마하던 이로운 친구를 잃었으니, 그가 슬퍼하는 심정도 충분히 이유가 있다. 정일당은 5남 4녀를 낳았지만 하나도 기르지 못하여, 종인(宗人) 광주(光周)의 아들 흠규(欽圭)를 후사로 삼았다. 그가 한산 이씨(韓山李氏) 문재(文在)의 딸에게 장가들어 구진(九鎭)이란 아들을 하나 얻었으나 아직 어리다.

정일당은 천부적 자질이 몹시 뛰어나고, 바탕이 순수하면서도 깊었다. 천·인(天人)의 성·명(性命)으로부터 왕·패(王霸)의 사·정(邪正)에 이르기까지 거슬러가며 궁리하지 않은 것이 없었다. 거기에 존양(存養) 성찰(省察)의 공부까지 더하였으니, 중화(中和)의 덕성이 문장에 드러났다. 마치 상서로운 난새와 봉황의 광채가 현란한 것 같았다. 그러나 늘 겸양하여 감추었으므로 아무것도 없는 것 같아, 아는 사람이 드물었다.

탄재가 이제 유고를 수집하여 간행하려고 한다. 금싸라기나 옥조각에서도 보존된 본성을 넉넉히 알 수 있으니, '한 점만 맛보고도 솥 전체의 맛을 알 수 있다'[32]는 말이 여기에 있다.

아아! 천지의 순수하고 큰 기운이 잘 숙성되어 사람에게 부여되었으니, 남자에게 있어서는 요·순(堯舜)이요, 부인에게 있어서는 태임·태사[任姒]이다. 요·순을 이어서 일어난 분이 문왕·무왕·주공·공자[文·武·周·孔]요, 주공과 공자를 이어서 대성한 분이

---

32 원문은 "일련전정(一臠全鼎)'인데, 큰 솥에 끓인 국은 고기 한 점만 맛보아도 전체의 맛을 다 알 수 있다는 말이다. 『회남자(淮南子)』「설림훈(說林訓)」에, "한 점의 고기를 맛보고서 온 솥의 고기 맛을 안다.[嘗一臠肉, 而知一鑊之味.]"라는 구절에서 나왔다.

정자(程子)와 주자(朱子)이다.

옛 성인과 후대의 현인이 대통을 서로 이음으로써 우리 유교가 하늘에 있는 해와 별처럼 빛나게 되었다. 그렇다면 태임과 태사의 뒤를 이어서 대성한 부인이 과연 누구이겠는가. 조대가(曹大家)[33]나 맹덕요(孟德曜)[34] 같은 분이 현명하기는 하지만, 그들이 성인의 도를 알고 있었는지는 내가 알지 못하겠다.

정일당은 학문이 전해오는 집안에서 태어나 기상이 단정 장엄하고, 언사가 간결 정직했으며, 행동거지가 찬찬하였다.[35] 행실은 한 세상의 표준이 될 만했고, 문장은 대가들을 따를 만하였으니, 아아! 위대하다.

이같이 뛰어난 재능을 가진 분들은 어쩌다 광명한 덕성 함양이 결핍되어 기질의 욕심에 가려지기가 쉽다. 지식이 지극하지 못한 것은 학문을 강마하고 이치를 밝히려는 노력이 없기 때문이

---

33 조대가는 후한(後漢) 반소(班昭)의 호로, 반소는 반고(班固)의 누이동생이다. 화제(和帝)의 부름을 받고 궁중으로 들어가 황후(皇后)와 귀인(貴人)의 스승이 되었으며, 반고가 『한서(漢書)』를 저술하다가 완성시키지 못하고 죽자 뒤를 이어 완결시켰다.

34 덕요는 덕요(德燿)로도 표기하는데, 후한(後漢) 때 양홍(梁鴻)의 아내인 맹광(孟光)의 자로, 현부(賢婦)를 상징한다. 본디 부유한 집안 출신이었으나 남편의 뜻을 따라 화려한 의복을 벗어던지고, 가시나무로 만든 비녀를 착용하는 등 검소하게 생활하며 함께 패릉산(覇陵山)에 은둔하여 지냈다. 맹광은 남편을 지극히 존경하여 밥을 지어 남편에게 올릴 때마다 밥상을 자기 이마의 높이까지 들어 올렸다고 한다. 『후한서(後漢書)』 권113 「일민열전(逸民列傳) 양홍(梁鴻)」에 보인다.

35 원문은 안상(安詳)이다. 『회암집(晦庵集)』 권4에 실린 주자(朱子)의 시 「재거감흥이십수(齋居感興二十首)」 중 제17수에, "평소 행동할 때 반드시 찬찬히 하라[時行必安詳]"는 구절이 있다.

고, 실행에 힘이 미치지 못하는 것은 성의(誠意)와 정심(正心)의 실효가 없기 때문이다. 오직 재덕(才德)을 아울러 갖추고 지식과 행실을 함께 닦은 모습을 나는 정일당에게서 찾아보았다.

그렇다면 정일당 같은 분이 어찌 여중군자(女中君子)에 그치겠는가? 여사(女史)[36] 가운데서도 일찍이 찾아볼 수가 없는 분이다. 내 어찌 친척이라고 하여 지나치게 찬미하겠는가?

탄재가 소매에서 「유사(遺事)」 한 편을 꺼내어 울며 부탁하였다.

"나의 아내를 아는 사람 가운데 그대만큼 자상한 사람이 없으니, 행장을 지어줄 수 없겠는가?"

내가 말하였다.

"내가 이미 만사(輓詞)를 지었고, 뇌문(誄文)도 지었습니다. 그러나 높은 덕을 기록하는 행장을 어찌 시원치 않은 글로 지을 수 있겠습니까? 삼가 대강의 얼개만 엮어 두었다가, 후일의 문장가가 짓기를 기다리겠습니다."

숭정(崇禎) 기원후 네 번째 계사년(1833) 구월 하순에 삼종(三從) 강원회(姜元會)[37] 짓다.

---

36 『시경(詩經)』 패풍(邶風) 「정녀(靜女)」에, "나에게 동관(彤管)을 주다[貽我彤管]" 하였고, 그 주에, "반드시 붉은 대롱으로 장식한 것은, 여사(女史)로 하여금 단심(丹心)으로 부인을 섬겨서 비첩(妃妾)의 차서를 바르게 하기 위함이다." 하였다. 여사(女史)는 여자 사관인데, 옛날에 여사씨(女史氏)가 붉은 붓을 가지고 궁중(宮中)의 정령(政令)과 후비(后妃)의 사적을 기록하였다.

37 강원회는 재릉 참봉 강재인(姜在寅)의 맏아들로 1772년에 태어났으니, 정일당에게는 팔촌 동갑내기이다. 자는 원일(原一)로, 1809년 증광 생원시에 3등 61인으로 합격하였으며, 서울에 살았다. 『정일당유고』에 실린 강원회의 제문에는 진사(進士)라고 실려 있지만, 생원이 맞다.

정일당 강씨 유고 뒤에 쓰다
書靜一堂姜氏遺稿後

아! 이『정일당유고(靜一堂遺稿)』는 본관이 파평(坡平)인 윤광연(尹光演) 명직(明直)의 아내인 유인(孺人) 강씨(姜氏)가 지은 것이다.

예로부터 본래 여사(女士)의 칭호는 많이 있었지만, 여인이 자기 일을 하면서도 여가 시간에 성현의 경전에 마음을 담그고 깊이 연구하여, 마음을 지키고 몸을 닦는 요점과 일을 처리하고 사람을 만나는 방법을 논설한 것이 유가(儒家)의 바른 노선을 잃지 않기가 유인(孺人) 같은 사람은 아직 듣지 못하였다.

하물며 가난과 질병으로 고생하며 보낸 평생이 실로 사람이 견딜 수 없는 경우에 있어서랴. 참으로 지극한 정일(靜一)이 아니면 어떻게 이런 일이 있겠는가. 이른바 척독(尺牘)이라는 것은 모두 그 남편을 권면하고 경계한 것이니, 따듯하고 부드러우면서도 또 바르고 곧아 읽은 사람이 자기도 모르게 숙연해진다.

명직이 밝은 스승과 두려운 벗을 어찌 다른 데서 찾을 필요가 있겠는가. 바로 이것이 명직이 부인을 잃은 지가 이미 여러 해 되었지만 비통함이 끊이지 않는 까닭이다.

명직이 이 글을 소매에서 꺼내어 나에게 보여주며 말하였다.

"이 글이 차마 묻혀 버리지 않도록 활자로 간인하려고 하는데, 한마디 말을 얻어 책의 무게를 더하고자 합니다."

그렇지만 나는 마땅한 사람이 아니며, 늙고 병들어 죽을 날이 머지않아 붓을 놓은 지도 오래되었다. 게다가 세마(洗馬) 홍직필

(洪直弼)이 묘지명을 지으면서 자세하게 서술하고 부록으로 엮어 만들었는데, 내가 또 어찌 사족을 붙이겠는가.

다만 생각해보니, 유인은 진산(晉山 진주)의 큰 가문 출신이니 그 안팎으로 쌓은 세덕(世德)으로 보아 유인이 있는 것도 당연하겠지만, 부녀자이면서 성인처럼 되려고 하였으니 세상에 장부(丈夫)가 되어 아무 뜻도 세우지 못한 사람을 부끄럽게 할 수 있다. 따라서 이 유고의 간행은 본래 유인의 뜻이 아니라는 것을 알겠지만 어찌 그만둘 수 있겠는가. 다만 유인이 행한 일이 많지만 자식이 없어 이어받을 사람이 없으니, 이것이 참으로 슬프다.

명직도 몸이 쇠약하다고 해서 스스로 포기하지 말고 도덕과 학문을 힘써 증진시켜서 유인의 평소 기대와 희망을 저버리지 않으면 저승에 있는 이의 마음을 위로하는 것이니, 어찌 이 유고를 간행하는 일보다 더 크지 않겠는가. 부지런히 노력하기를 바란다.

　　　　　　　　　 – 숭정(崇禎) 네 번째 병신년(1836) 늦은 가을날
　　　　　　　　　　 은진(恩津) 송치규(宋穉圭) 쓰다

한국 여성 지성사의 우뚝한 존재, 강정일당

장진엽(고려대)

밤에 앉아서 – 계미년
夜坐 癸未

밤 깊어 온갖 움직임 잠잠해지고
빈 뜰엔 새하얀 달빛 밝구나.
한 치 마음 씻은 듯이 맑으니
환하게 성정이 드러나누나.
夜久群動息 庭空皓月明
方寸淸如洗 豁然見性情

가을 매미 소리를 듣고
聽秋蟬

모든 나무가 가을 기운 맞이하니
매미 소리가 석양에 어지럽구나.
물성(物性)에 감응하여 시를 읊조리며
숲속을 홀로 거닌다.
萬木迎秋氣 蟬聲亂夕陽
沈吟感物性 林下獨彷徨

주희(朱熹)는 『대학장구(大學章句)』의 주(注)에서 허령불매(虛靈不昧)한 것이 '마음[心]'이고 이치가 그 가운데 감추어져 있어 조금도 모자람이 없는 것이 '성(性)'이며, 감응하여 움직이는 것이 '정(情)'이라 하였다. 또, 오랫동안 힘을 쓰면 하루아침에 환하게 꿰뚫어 보게 되어 사물의 실정에 대해 모두 다 알게 된다고 하였다. 성리학자에게 자연물은 단순히 완상의 대상이 아니라 세상의 이치를 구현한 존재로서, 모든 이치가 구비되어 있는 인간의 성(性)을 깨닫게 해주는 매개체이다. 이른바 '연비어약(鳶飛魚躍: 솔개가 날고 물고기가 뛴다.)'으로 표현되는 약동하는 자연은 순조롭게 운행하고 있는 하늘의 이치를 비춰주는 것으로, 이러한 이치는 신령스럽고 어둡지 않은 마음의 작용으로 통달할 수 있는 것이다. 인간은 자연스럽게 자연물의 아름다움에 이끌리지만, 이것은 유희를 위한 것이 아니라 바로 이러한 깨달음으로 향하는 정(情)의 감응이라고 할 수 있다.

정일당이 지은 위 두 편의 시에서는 이러한 도학자의 풍모가 물씬 느껴진다. 시의 화자는 고요하고 어두운 밤 환하게 떠오른 달을 보면서, 외물의 간섭이 사라진 고요한 상태에서 맑디맑은 마음으로 관조(觀照)할 수 있는 인간의 성정(性情)을 읊는다. 가을 매미 소리를 들으며 숲을 거니는 것은 천리를 구현한 자연물의 조화로운 울림에 인간의 정(情)이 절로 감응했기 때문이다. 이러한 종류의 도학시들은 설리시(說理詩)라고도 하는데, 특히 중국 송나라 때에 유행했다. 소리의 울림과 생동감 있는 묘사를 중시했던 당시(唐詩)와 달리 이치를 설명하는 방식으로 지어진 설리시들은 시적인 풍취가 부족하다는 점에서 비판의 대상이 되기도 하였다.

위 두 시는 바로 여성으로서 성리학자의 길을 걸었던 흔치 않은 인물인 정일당(靜一堂) 강씨(姜氏)(1772~1832)의 시이다. 정일당 사후에 간행된 그의 문집『정일당유고(靜一堂遺稿)』에는 38제(題)의 시와 29편의 문(文), 82편의 척독(尺牘: 짧은 편지)이 수록되어 있다. 그의 시는 대체로 위와 같은 도학시로서, 한결같이 성(誠)과 경(敬)을 위주로 심성을 단련하겠다는 의지가 엿보인다. 그런데 시라는 문학 갈래는 한순간의 서정의 표출이기 때문에 그것의 창작을 추동한 외부적인 요인이 작품 속에 명확히 드러나는 것은 아니다. 또, 시를 감상할 때에 그러한 외재적 요소를 반드시 고려해야 하는 것도 아니다. 정일당의 도학시 역시 옛 사람들의 고고한 정신의 편린으로서 감상하면 그만이다. 그러나 이 작품들이 다른 누구도 아닌 정일당이라는 인물에게서 나온 것임을 알게 되면, 현실적 요소들이 표백된 저 우아한 도학시들이 신산한 삶의 언저리에서 어렵게 탄생한 희귀한 자기 수양의 열매라는 사실이 읽는 이를 숙연하게 만든다.

굴곡진 평생 가운데 지켜온 자기 수양의 의지

　강정일당은 1772년 충북 제천에서 태어났다. 본관은 진주(晉州)이다. 어머니의 태몽에 두 성비(聖妣)가 나와서 모시던 이 중 하나를 가리키며 "이 아이에겐 지극한 덕[至德]이 있는데 지금 너에게 주겠노라."라고 하였으므로, 그것을 이름으로 삼았다고 하였다. 즉, 이름이 '지덕(至德)'이다. 정일당의 아버지는 강재수(姜在洙)이고 어머니는 안동 권씨로 권서응(權瑞應)의 딸이었다. 친가 쪽으로는 사숙재(私淑齋) 강희맹(姜希孟)의 10대손이며, 외가

쪽으로는 한수재(寒水齋) 권상하(權尙夏)의 동생 권상명(權尙明)의 현손이다. 이처럼 친가와 외가 모두 이름난 가문이었으나, 그의 부모 대에 이르러서는 벼슬이 끊겨 가세가 곤궁하였다. 이 때문에 정일당은 아버지가 돌아가신 후 생계를 위해 바느질과 길쌈을 하던 어머니를 도와 밤새 일하기도 하였다.

정일당은 20세의 나이에 6세 연하인 충주의 윤광연(尹光演, 1778~1838)에게 시집을 갔다. 윤광연은 파평 윤씨로, 자를 명직(明直)이라고 하였다. 고려 윤관(尹瓘)과 윤언이(尹彦頤)의 후손으로, 그 부친 윤동엽(尹東燁)은 미호(美湖) 김원행(金元行)의 제자였다. 남편 역시 정일당과 마찬가지로 명문의 자제였으나, 증조부 이후로는 벼슬을 하지 못해 형편이 좋지 못했다. 이러한 사정으로 정일당은 결혼한 이후에도 본가에서 3년을 더 지내다가 시아버지가 별세한 이후인 1794년(정조 18)에야 시집으로 들어가게 된다. 그러나 어려운 집안 사정 때문에 남편은 상복 차림으로 생계를 위해 떠돌아야 하는 처지였다. 그러다 작은 재산마저 흩어버리고 결국은 고향을 떠나 서울 근교로 올라오게 된다.

정일당 부부는 처음에는 과천의 빈집에 들어가 살다가 나중에 남대문 밖 약현(藥峴), 현재의 중림동에 자리를 잡게 된다. 그곳에서 윤광연은 서당 훈장으로 아이들을 가르치고, 정일당이 삯바느질을 해서 생계를 꾸렸다. 그 사이에 5남 4녀를 낳았으나 모두 돌도 지나지 않아 세상을 떠났다. 마지막으로 얻은 딸아이를 묻으며 쓴 글을 보면 추운 날씨에 젖동냥을 다니다가 아이에게 병이 들었는데 흉년으로 양식도 부족하였고, 약을 쓰긴 썼으나 결국 악화되어 살리지 못했다고 회고하고 있다. 앞의 아이들도 비슷한 상황에서 명을 이어가지 못했을 것으로 짐작된다.

초반에는 사흘을 굶은 적도 있을 정도로 궁핍하였으나, 다행히 나중에는 정일당의 고된 노력으로 약현에 만년을 보낼 조그마한 집을 마련하였다. 그 집의 이름이 바로 윤광연의 호이기도 한 '탄원(坦園)'이다.

> 탄원 – 갑신년
> 坦園 甲申
>
> 탄원은 그윽하고 고요하니
> 단정하여 지인(至人)이 거하기에 알맞구나.
> 홀로 천고의 전적(典籍)을 탐구하며
> 몇 칸짜리 오두막에 높이 누웠네.
> 坦園幽且靜 端合至人居
> 獨探千古籍 高臥數椽廬

이 시는 정일당이 탄원을 읊은 것이다. 고즈넉한 거처에서 전적을 탐독하며 성인을 희구하는 물외(物外)의 삶이 묘사되어 있다. 수많은 안분지족(安分知足)의 시가(詩歌)들이 여유롭고 풍족한 전원생활의 산물인 것과 달리 정일당의 이 시는 여전히 생계의 문제에 매달려 있는 상황에서 표출된 빛나는 안빈낙도(安貧樂道)의 정신을 보여주고 있다. 작으나마 처음으로 자신들의 몫이 된 오붓한 공간을 앞에 두고 평소의 지취(旨趣)를 풀어낸 것이다. 위 시는 1824년에 지어진 시로, 탄원을 마련한 것은 그가 오십이 넘어서였던 것으로 보인다.

정일당이 본격적으로 글을 읽기 시작한 것은 서른 무렵이다. 아래 시는 1798년작으로 되어 있으니 정확히는 스물일곱이다.

글공부를 시작하며 - 무오년

始課 戊午

서른에 글 읽기를 시작하니

배움에 동서를 분간하기 어렵네.

이제라도 모름지기 노력한다면

옛사람과 같기를 기약할 수 있으리.

三十始課讀 於學迷西東

及今須努力 庶期古人同

   당시에 명문가에서는 여성에게도 문자를 가르쳤다. 그러나 제대로 된 글공부를 시킨 것은 아니었다. 일가친척인 강원회(姜元會)가 지은 행장(行狀)에 의하면 정일당의 아버지는 여덟 살 된 딸에게 "잘못하는 일도 없고 잘하는 일도 없어야 한다[無非無儀]", "밤에 다닐 때에는 반드시 촛불을 갖고 다녀야 한다[夜行以燭]"는 교훈으로 가르쳤다. 전자는 『시경(詩經)』, 후자는 『예기(禮記)』에 나오는 말로, 여자의 올바른 행실을 형용한 것이다. 『시경』과 『예기』를 가르쳤다는 뜻은 아니고, 여느 사대부 가문과 마찬가지로 부덕(婦德)의 함양을 위주로 교육했음을 의미한다. 그러나 남편의 글 읽는 소리를 듣고 간혹 글자에 대해 묻더니 한번 슬쩍 보고서 암송을 하고 그 심오한 뜻을 이해했다고 하는 일화는 정일당이 어린 시절 어느 정도의 문자 교육을 받았음을 짐작하게 한다.

   강원회의 행장에서는 정일당이 평생을 학문에 독실하였다고 하면서, 그가 정통했던 경전으로 『중용(中庸)』을 언급하였다. 또 13경(經)을 두루 읽어 심오한 뜻을 연구하고, 전적들을 널리 보아 고금치란(古今治亂)의 사적을 훤히 알았다고도 하였다. 또한 자연

138

스럽게 시율(詩律)을 익혔으며 30세 이후에 문(文)을 시작했다고 하였다.

실제로 정일당 문집을 보면 그가 『중용』을 읽고 그 뜻을 깊이 새겼음을 알 수 있다. '성(誠)'과 '경(敬)'을 위주로 한 그의 자기 수양은 『중용』에서 계발된 바가 크다. 또, 남편에게 보낸 척독 가운데 『서경(書經)』을 인용하기도 하였고, "그동안 사서(四書)를 읽었는데 『맹자(孟子)』 하권을 아직 다 읽지 못했다"고 하며 올겨울에는 『역경(易經)』을 배우고 싶다고 말하였다. 예(禮)에 대해 의견을 개진한 일이 자주 있었던 것으로 보면 『예기』나 『의례(儀禮)』와 같은 예서들을 참조하였을 것으로 짐작된다. 강원회의 회고처럼 13경을 비롯한 고금의 경적에 두루 통달하였다고 단정하기는 어려우나, 사서를 숙독하고 예서를 참조하였으며, 시(詩)·서(書)·역(易)에도 나아갔음을 확인할 수 있다.

그 외 임윤지당(任允摯堂)의 글이나 도암(陶菴) 이재(李縡)의 시구를 인용하기도 하고, 남편에게 홍석주(洪奭周)가 지었다고 하는 『산야문답(山野問答)』이라는 책을 빌려올 것을 청한 일도 있다. 기회가 닿는 대로 선대나 동시대 조선 문인들의 저작들을 구해서 읽고, 그것들에 대해 평가하거나 자신의 생각을 펼치는 데 활용하였다.

정규 교육을 받지 않은 여성으로서 정일당의 이와 같은 성취는 기본적으로 독학을 통한 자득(自得)의 과정으로 파악해야 한다. 향학열을 드러내는 것은 부덕에 어긋나는 일이다. 그러므로 남성들이 쓴 여성의 행장이나 제문에서는 해당 여성의 학식과 재능에 대하여 그 여성이 '천부적인 자질'을 갖고 태어났기 때문에 비록 감추려 해도 감출 수 없었던 것처럼 묘사하였다. 자신이 원해서 그러한 성취를 이룬 것이 아니라는 말이다. 그러나 문집을 통해 확인되는 정일당의 학문적 성취는 기본적으로 끈질긴 의지와 노력의 결과로서 이룩한 결실이다.

정일당을 '성리학자'라고 명명하는 것은 사실상 그 학문이나 저술 때문만이 아니다. 오늘날의 학자 개념에 비추어 본다면 정일당에게 학자라는 호칭은 부적절하다. 자신만의 독창적인 학술적 견해를 발표한 것은 아니기 때문이다. 그러나 전근대의 성리학자라는 개념은 보다 넓은 의미로 이해할 수 있다. 즉, 성리학의 경전들을 숙독하고 그것을 자기 삶을 수양하는 도구로 적극적으로 활용하며, 그러한 지향을 자신의 정체성의 주요한 부분으로 삼고 있는 인물은 모두 성리학자이다. 그런 의미에서 정일당은 명실상부한 성리학자였다.

앞에서 인용한 도학시들과 함께 성리학자로서의 정일당의 면모를 잘 보여주는 것은 그가 수시로 남편에게 보냈던 척독들이다.

경계하고 두려워하는 것[戒懼]은 아직 마음이 발하지 않았을 때의 공부이며, 이미 발했을 때에는 삼가는 것이니, 남들은 모르는데 자기 혼자 알 때가 가장 긴요한 순간입니다. 근래 쇠약한 증세가 점점 심해져서 정신이 더욱 쇠미해지니 다른 공부는 손대지 못하고 오직 여기에만 힘을 쓰고 있는데 작은 효과가 없지는 않습니다. 원컨대 당신도 또한 성실한 마음으로 이를 느껴서 깨달았으면 좋겠군요.

이 글에서 정일당은 군자는 남들이 보지 않을 때 경계하고 근신해야 한다는 가르침을 몸소 실천한 일을 거론하고 있다. 몸이 약해져서 다른 공부는 하지 못하고 이것에만 힘을 쓰고 있다는 말은 그가 가장 기본으로 여겼던 자기 수양의 원칙이 무엇인지를 보여준다. '계신공구(戒愼恐懼)'와 '신기독(愼其獨)'은 혼자 있을 때 자신을 경계해야 한다는 말로, 『중용장구(中庸章句)』에서 주희가 강조한 몸가짐의 방식이다.

이처럼 정일당이 남긴 시와 문장은 그의 도학자적인 면모를 여실히 보여주고 있다. 그가 실제로 일상생활에서 이러한 수련을 게을리하지 않았다는 점은 남편 윤광연의 회고를 통해서도 확인할 수 있다.

> 그대는 또 평소에 성명(性命)의 근원을 궁구하고 정일(精一)의 요체를 탐색하여, 일에 응하고 물에 접하는 사이에 항상 우뚝하게 단정히 앉아 아직 발하지 않았을 때를 체험하고 깨달아 알았소. 스스로 말하길 "매번 병이 있을 때면 문득 마음을 거두고 단정히 앉아 성명(誠明)의 지경을 엿보게 되면 자연히 신기(神氣)가 화평해져서 나도 모르게 병이 몸에서 떠나갑니다."라고 하였소.
>
> – 「제망실유인강씨문(祭亡室孺人姜氏文)」

이 기록은 앞서 인용한 척독 내용과도 상통하는데, 정일당은 이와 같은 체득의 경지를 시로 읊기도 하였다. 임오년(1822) 51세 때에 지은 〈병후(病後)〉라는 시에서 "병들어 위태로웠다가 이제 다행히 차도 있어 / 맑은 가을에 창문 여니 마음이 상쾌하다. / 조섭한 것 어찌 오로지 인삼 백출의 공로겠는가 / 성명(誠明)의 경계를 이제야 깨달았노라.[一病幾危今幸差, 淸秋開戶余心快. 調濟豈專蔘朮功, 伊來體認誠明界.]"라고 하였는데, 바로 이 기록에서 말한 경험을 읊은 것이다.

정일당이 체득했다는 '성명(誠明)'의 경지 역시 『중용장구』에서 기원한 말이니, "성실함으로부터 밝아지는 것을 성(性)이라

하고, 밝아짐으로부터 성실해지는 것을 교(敎)라고 한다. 성실하면 밝아지고, 밝아지면 성실해진다.[自誠明, 謂之性; 自明誠, 謂之敎. 誠則明矣, 明則誠矣.]"고 하였다. 천성이 성실하여 사물의 이치에 밝은 것이 인간의 본성으로, 이는 성인의 경지를 뜻한다. 반대로 이치를 밝게 앎으로 인해 성실해지는 것은 가르침의 효험을 가리킨다. 타고난 진실한 성은 인간으로 하여금 사물의 이치를 분명히 알게 하고, 반대로 이치를 분명히 아는 것은 그러한 본성을 회복하게 해준다는 말이다. 병든 몸으로 이러한 천도(天道)를 궁구하노라면 어느새 아픈 것도 잊게 된다는 것이니, 정일당의 자기 수양은 고통의 과정이 아니라 치유와 기쁨의 행위였음을 알 수 있다. 가난과 상실의 슬픔 속에서 끈질기게 놓지 않은 자기 연마의 결실이기에 더욱 정채롭다.

교육 및 교유를 통한 실천과 성장

성리학자의 자기 연마는 그 고결한 정신적 높이에도 불구하고 현실과 유리된 채 단순히 자족(自足)의 영역에 머물러 있다는 비판을 받기 쉽다. 그러한 비판을 불식시켜주는 것이 바로 '수신제가치국평천하(修身齊家治國平天下)'의 단계적 확장을 통해 완성되는 '경세(經世)'라는 목표이다. 경세를 실천하는 직접적인 방법은 벼슬을 하여 현실정치에 관여하는 것이겠으나, 예치(禮治)의 기반을 닦는 모든 행위가 성리학자에게는 현실 참여의 방법이었다. 쉼 없는 자기 수련을 거쳐 확립된 도덕적 주체로서의 군자(君子)는 자신이 몸담고 있는 국가와 지역사회에서 예의 구현자로서 배우고 익힌 것을 실천해야 했다.

여러 연구자들의 노력으로 오늘날에는 '조선시대 여성들이 가문 내에서 문자 교육을 받았으며, 상당한 정도의 학식과 한문 교양을 갖춘 인물들이 적지 않았다'는 사실이 밝혀졌다. 그러나 여성들의 문필활동은 감추는 것이 미덕이었고, 이 때문에 남아 있는 작품이 그리 많지는 않다. 이는 전근대 조선 사회의 특징적인 현상으로서, 함장(含章: 아름다운 자질을 안에 간직하고 밖으로는 표출하지 않음)의 덕을 강조하는 여성관의 결과라고 할 수 있다. 이들 가운데 사서오경에 정통하여 성리학을 내면화한 인물들이 없었다고 단정할 수는 없다.

그러나 여성들의 경우 관직을 맡을 수 없는 것은 물론이며 자유롭게 저작 활동을 할 수도 없었고, 외부인과 교류하면서 자기 의견을 펼치거나 자식 교육 외에 후진 양성에 관여한다는 것도 불가능하였다. 사회적 관계와 문필활동을 통해 학자요, 군자가 되는 문인사회의 작동방식으로 보면 여성이 살아생전에 학자로서 활동한다는 것은 불가능에 가까웠다. 물론 가문 내 친지들과의 학문 토론, 자식들에 대한 교육, 사후에 발견된 저술과 같은 것들이 그 여성이 학자였음을 증명해줄 수는 있었으나, 이는 매우 드문 일이었다.

그런 점에서 강정일당은 독보적인 존재이다. 그를 '학자'로 명명할 수 있는 것은 도학적 이념에 따라 끊임없이 수신(修身)했기 때문이기도 하지만, 그러한 수신의 과정이 '교육' 및 '실천'과 결합되어 있었기 때문이다. 정일당의 교육은 두 방면에서 이루어졌는데, 하나는 그 남편에 대한 교육이고, 또 하나는 남편의 서당 아이들에 대한 교육을 보좌한 것이다. 그는 또한 생활인으로서 집안의 생계를 책임지고 남편 가문의 여러 일들을 감당하는

데 필요한 자금을 모으기 위해 분투했다. 제사와 손님 접대를 담당해야 하는 것도 물론이었다. 사대부 여성들이 생계를 책임지거나 예의 집행을 주도하는 것은 당연한 일이었으나, 정일당은 '앎을 통한 실천'을 강조한 학자로서 자신이 배운 바에 따라 살림을 꾸리는 법도를 세워나갔으며, 예학에 대한 조예를 바탕으로 그 절목의 타당함을 스스로 헤아려보았다.

남편에 대한 교육이라고 말했으나, 실제로는 쌍방향의 교육이었다. 정일당은 남편이 생계 유지를 위해 공부에 전념하지 못하자, 자신이 삯바느질로 생활을 꾸릴 테니 당신은 학문에 전념하라고 간곡히 부탁한다. 또, 남편이 과거에 급제하기 어려울 것을 알고 성인이 되는 학문에 잠심할 것을 권하였다. 정일당의 정성 어린 말에 감동하여 윤광연은 그때부터 사서와 정주(程朱)의 글을 구하여 문을 닫고 열심히 글을 읽기 시작하였다. 이때 정일당은 한쪽에서 바느질을 하면서 글 읽는 소리를 듣고 그것을 암송하였다. 윤광연은 아내와 더불어 "질문과 답을 주고받으면서 함께 요체를 터득해 나갔다."고 회상하고 있다. 이 과정에서 정일당 역시 학문의 세계에 발을 딛게 되었다.

윤광연은 서당을 열어 아이들을 가르쳤으며, 일가친척 및 스승과 벗의 자제들이 그에게 나아와 배움을 청하였다. 그가 훌륭한 스승이 될 수 있었던 것 역시 정일당의 도움에 힘입은 바 컸다. 정일당은 윤광연을 찾아온 학동이나 후학들을 하나씩 거론하며 그들의 장점을 말하고 가르침에 힘쓰라고 당부한다. 또한 가르치는 사람의 도리에 대해서도 찬찬히 일러준다. 아이들에게 젊은 날을 알차게 보내어 성현과 같아지도록 애쓰라고 격려하는 내용의 〈勉諸童〉, 매 맞는 서당 아이에게 써준 〈見書童被撻〉과 같은 작품들을 볼 때, 아이들 교육에도 일정 부분 참여했음을 알 수 있다.

전근대에 여성이 학자로 성장하기 어려웠던 까닭은 정치에 참여할 수 없었다는 제도적 한계, 그리고 외부인과의 접촉을 차단함으로써 교육과 저술에 전념할 수 없게 하는 사회적 통념 때문이었다. 방금 살펴본 것처럼 정일당은 자신이 배운 것을 교육을 통해 실천할 수 있었다. 사대부 집안에서 어머니가 자식을 가르치는 경우가 종종 있긴 했으나, 아내가 '적극적으로' 남편의 학문과 행실에 대해 조언하고 또 남편의 교육 활동에 참여하는 일은 흔치 않았다. 정일당이 학자로 성장할 수 있었던 것은 이러한 교학상장(教學相長)의 성과였으며, 이는 정일당이 사숙(私淑)했던 앞세대의 여성 성리학자 임윤지당(1721~1793)과도 구별되는 지점이다. 정일당 역시 생전에 자신의 저술을 외부에 공표하지는 못하였으나, 남편과의 이러한 관계는 사후에 그의 글이 살아남을 수 있게 하였다. 정일당의 문집은 정일당 사후인 1836년에 남편 윤광연에 의해 간행되었다. 문집에 수록된 글 대부분이 남편과의 관계에서 나온 것이며, 그러기에 감추어지거나 버려지지 않고 빛을 볼 수 있었던 것이다.

뿐만 아니라 정일당은 남편을 매개로 하여 외부의 학자들과 간접적으로 교류할 수 있었다. 윤광연이 학문에 전념하기로 결심한 뒤 부부는 5, 6년간 함께 공부했다. 그 뒤에 정일당은 남편에게 스승에게 나아가 배우고 친구를 사귀어 학문에 도움을 받으라고 권하였다. 이에 윤광연은 또 한 번 깨달아 스스로 찾아가서 수업을 구하고 여러 학우들을 종유(從遊)하였다. 실제로 윤광연은 당시 노론계 인사들 사이에서 학식 있는 선비로 인정을 받았으며, 당대의 뛰어난 학자 문인들과 어울렸다. 송시열의 6대손이자 당대의 거유(巨儒)였던 강재(剛齋) 송치규(宋穉圭)를 스승으로 모셨으며, 홍직필(洪直弼), 유한준(俞漢雋), 최한기(崔漢綺) 등 이름난 문사들과 친분을 유지했다.

정일당은 이러한 남편의 사우(師友) 관계를 통해 간접적으로나마 외부인사들과 학문적 교유를 하였다. 일차적으로 남편이 더 큰 학자가 될 수 있는 길을 제시한 것이었으나, 남편과 학문적 동반자였던 정일당에게 그것은 자신의 세계를 더 넓히기 위한 방편이기도 하였다.

한편 정일당의 글 가운데는 '대부자작(代夫子作)', 즉 남편을 대신하여 지은 글이 많은데, 이러한 글쓰기는 자신의 생각을 외부에 펼치는 기회가 되었다. 여성이 지은 글을 생전에 집 밖으로 내보이는 일은 없었는데, 남편의 이름으로 썼기 때문에 가족 외의 남성 문인들 사이에서 유통될 수 있었던 것이다. 이런 대부자작 글 가운데는 '병중이라 남을 시켜서 썼다.'는 언급이 있는 것도 있고, 그렇지 않은 것들도 있다. 글을 받아본 사람들은 그것을 윤광연의 작품으로 여겼을지도 모르지만, 그렇다 해도 여성 문인이 자신의 글을 외부의 문인들 앞에 내놓을 수 있었던 것은 의미 있는 경험이었다. 이러한 글들은 정일당 사후에 남편 윤광연에 의해 문집으로 엮여 사대부 사회에 유통되었고, 당대에 '성리학자'이자 '여중군자(女中君子)' 강정일당의 존재를 각인시켰다.

문집에서 특히 예학에 관해 논의한 글들이 눈에 띄는데, 척독을 통해 남편과 의견을 주고받기도 하였고 남편을 대신해 별지(別紙) 형식으로 예제(禮制)에 대한 의견을 펼친 글들도 있다. 이는 정일당이 남성 문인들 사이의 예학 담론에 참여했다는 뜻이 된다. 제사를 모시고 주식(酒食)을 준비하는 것은 고례(古禮)에서 규정

한 여성의 역할인바, 여기에 머무르지 않고 예제 자체에 대한 논의의 장에 뛰어든 것이다. 이혜순 교수는 이에 대해 "여성이 단지 예의 수행자가 아니라 집행자·판단자가 될 수도 있다는 인간으로서의 자각 위에 이루어진 것"(이혜순, 2005, 157쪽)으로 보았다. 정일당은 특히 『예기(禮記)』를 중시하면서 생활 속에 정착 가능한 예의 실현을 추구하였으며, 이러한 예론은 단순히 자신이 속한 문파의 예론을 답습한 것이 아니라 어느 정도의 독자성을 가진 것이라고 분석할 수 있다고 하였다.(같은 글, 155쪽)

관직에 나아가서 자신의 공부를 경세에 활용할 기회를 갖는 것은 모든 사대부 문인들의 이상이었다. 그러나 시대가 내려올수록 문인층은 넓어지고 벼슬의 기회는 줄어들었다. 그렇긴 해도 독서와 자기 수양을 통해 도달한 깨달음을 교육을 통해 실천하고, 저술을 통해 문인사회와 소통함으로써 학자가 되고 군자가 될 수 있었다. 자기 수양을 통해 순선무악(純善無惡)한 인간 본성을 회복하는 것, 즉 하나이면서 전체인 우주의 이(理)를 자기 몸에 체득하는 것이야말로 성인이 되는 길이었으며, 모든 사회적 실천도 근본적으로는 여기에서 비롯하는 것이었다. 정일당이 남편에게 권한 것도 바로 이러한 군자의 길이다. 여성의 경우에도 부덕(婦德)을 체현함으로써 예에 바탕을 둔 성리학적 질서에 조화롭게 참여할 수 있었다. 다만 이 경우 여성은 자신의 외부에 있는 규범에 순응하여 그것을 내면화하는 방식으로 이러한 질서에 합류해 왔다. 정일당의 독특한 점은 여성으로서 남성과 마찬가지로 이론적 탐구를 통해 주체적으로 예를 내면화하고자 했다는 데 있다.

여성은 관직에 나아갈 수도 없었을 뿐만 아니라 저술과 교육이라는 학자의 길마저 막혀 있었다. 그러나 정일당은 남편을 격려하고 가르치면서 스스로 책을 읽고 글을 썼으며 자신에게 주어진 기회를 최대한 활용하여 학자로서의 삶을 살았다. 그는 날마다 이어지는 고된 노동 속에서 자기 수양과 안빈낙도에 대한 의지를 다졌고, 다행히 남편이 그의 지기(知己)가 되어주었다. 거기에 자식을 모두 잃은 불행은 그에게서 '어머니'로서의 역할을 박탈하였지만, 그러한 상황에서도 훌륭한 덕의 체현자가 되고자 했던 내면의 욕구는 그를 학자의 길로 이끌었던 것이다. 정일당은 남편의 공부를 뒷바라지하면서 병약한 몸으로 문중의 대소사를 몸소 챙겨야 했고, 지독한 가난과 싸우면서도 사대부 집안의 예모를 잃지 않아야 했다. 그가 짊어졌던 막중한 책임이 저와 같은 이례적인 성취를 오히려 가능하게 하였던 것은 아닐까, 모를 일이다.

한국 여성 지성사의 우뚝한 존재

여성으로서 전근대 사회에서 남성들의 전유물이었던 학문의 길을 갔다는 것은 분명 주목할 만한 일이다. 정일당은 이것만으로도 조선시대 지식인 가운데 특별한 위치를 차지한다. 그러나 그가 여느 남성 학자들과 크게 차이 없는 사상의 궤적을 밟아왔다면 한국의 전근대 지성사에 '특이한' 사례로서 이름을 남기는 것 정도에 그쳤을 것이다.

한편 다른 각도에서 생각해 보면 여성의 능력 표출을 허용하지 않는 사회에서 학문을 한다는 것, 더욱이 그러한 관념의 원천이라고 할 만한 그 사회의 '주류사상'을 자기화한다는 것 자체가 모순이라고 할 법하다. 그러나 앞서 언급하였듯이 이들이 관심을 가진 것은 인간 내면의 동기이자 우주 및 인간 본성의 원리인 예의 구현이다. 이들은 관직에 진출하지 못한 남성 사대부 학자들과 마찬가지로 내면의 수양을 통해 우주 질서의 순조로운 운행에 동참하고자 하였다. 지배적 사상인 성리학의 가치 실현에 적극 공감하며 그것에 나아가고자 하는 과정에서 불가피하게 규문 밖으로 한 걸음 나가게 된 것이다.

정일당을 근대적 의미의 여성 해방론자라고 볼 수는 없으며, 과거의 인물에게 역사적 한계를 뛰어넘는 역할을 기대할 필요도 없다. 그가 비판한 것은 성리학의 사상체계가 아니라 그러한 절대적인 원리에 대하여 여성들이 '무지'한 현실이었다. 정일당이 여러 차례 강조하고 있는 것은 여성도 성인이 될 수 있다는 것, 그리고 그것을 위해 여성에 대한 교육이 필수적이라는 사실이다.

윤지당은 "나는 비록 부인이지만 하늘로부터 받은 본성은 애초에 남녀가 다르지 않다."고 하였고, 또 "부인으로서 태임(太妊)과 태사(太姒)가 되기를 기약하지 않는 자는 모두 스스로 포기한 것이다."라고 하였습니다. 그렇다면 비록 부인이라 해도 훌륭한 행실이 있으면 또한 성인에 이를 수 있다는 것입니다. 당신은 어떻게 생각하시는지 모르겠습니다.

정일당이 앞세대의 여성 학자인 임윤지당을 계승했음을 보여 주는 유명한 대목이다. 태임은 주나라 문왕(文王)의 어머니이고, 태사는 문왕의 비(妃)이자 무왕(武王)의 어머니이다. 남녀 모두 하늘에게서 부여받은 성(性)은 동등하므로, 노력 여하에 따라 성인이 될 수 있다는 것이다. 태임과 태사는 어머니이자 아내의 덕을 훌륭하게 발휘함으로써 천하를 화평하게 하는 데 기여한 고대의 여성이다. 성리학의 기본 관념을 부인하지 않으면서, 그 인간관을 끝까지 밀고 나가 '인간'으로서의 여성의 가능성을 역설한 것이다. 정일당은 남편에게는 공자와 안연을 기약하기를 권하였고, 스스로는 윤지당과 마찬가지로 태임과 태사가 될 것을 기약하였다. 정일당에게는 여성으로서 도달할 수 있는 자기완성의 극점으로서 두 인물이 채택된 것이었다.

여성도 남성과 같이 성인이 될 수 있으며, 그 방법은 끊임없는 자기 수양이었다. 그리고 이러한 자기 수양의 동력은 앎에 바탕을 둔 깨달음이었고, 그것을 가능하게 만드는 바탕이 바로 교육이었다. 정일당은 기회가 있을 때마다 여성 교육의 필요성, 그리고 학문에 힘쓴 여성이 부덕의 실천에 있어서 더 훌륭하다는 점에 대해 역설하였다.

우리가 정일당의 위상에 대해 특히 강조하는 것은 그의 사고에 나타나는 두 가지 특징 때문이다. 또한 이 두 가지 특성은 정일당을 선배 학자인 임윤지당과 연결해 주면서 전근대 '여성 지성사(知性史)'의 계보를 형성하고 있다는 점에서 특히 중요하다.

하나는 그가 성리학이라는 반(反)여성적인 사상체계에서 인간 일반의 가능성을 발견하고, 그것을 여성의 가능성에 대한 주장으로 끌어올리고 있다는 점이다. 사실상 사람은 누구나 성인이 될 수 있다는 것은 유교 사상의 가장 기초적인 논리로서, 아이들이 보는 초학서에서가 아니라면 굳이 강조할 필요가 없는 언설이다. 그러나 정일당의 학문은 이에 대한 믿음에서 출발하고 있다. 윤지당은 그러한 주장의 근거를 세우는 데에 특히 주력하였고, 정일당은 이를 이어받아 여성 교육의 중요성을 역설하였다.

또 하나는 정일당이 일생 동안 끈질긴 자기 수양을 통해 예의 가치를 실현하고자 했다는 것이며, 그것이 여성 성리학자라는 존재가 탄생한 메커니즘을 보여준다는 점이다. 여성 해방이 시대적 과제로 되어 있는 근대 이후의 관점에서 볼 때 이러한 동기는 세상을 변화시키는 데에 그다지 도움이 되지 않는 소극적인 대응으로 보일 수 있다. 조선 후기의 대부분의 개혁적 담론들이 봉건적 사고방식의 틀 안에서 이루어졌을 뿐 그것을 뛰어넘은 것은 거의 없다는 점은 분명하다. 이에 대한 '아쉬움'은 어쩔 수 없다.

정일당의 학문적 궤적은 당대의 여성 지성이 지배적 사상을 전유(專有)하여 한 명의 '도덕적 주체'로 일어서는 과정을 여실히 보여준다. 이는 전근대의 끄트머리에서 여성 지성이 존재할 수 있었던 원리, 그들이 자립(自立)할 수 있었던 동력을 확인하게 해준다는 점에서 오늘날의 우리에게 소중한 지적 유산이 될 수 있다. 여러 한계와 논란에도 불구하고, 강정일당이 한국 전근대 여성 지성사의 우뚝한 존재임은 부인할 수 없는 사실이다.

정일당의 묘는 남편 윤광연과 합장되어 경기도 성남시 수정구 금토동 산75 청계산 자락에 모셔져 있다. 남편 윤광연만 정일당을 기린 것이 아니라, 성남시에서도 정일당 부부의 묘를 1986년에 향토유적 제1호로 지정하여 시민들에게 알리고 있으며, 2000년 2월 파평윤씨 문중의 협조를 받아 사당과 묘지를 단장하였다. 문화관광부에서 2005년 7월의 문화인물로 선정하여 치열하게 살았던 강지덕의 삶과 문학을 국민들에게 널리 알렸다.

성남문화원은 1992년부터 남에게 모범이 되는 인품과 덕을 갖춘 훌륭한 여성으로 성남사회의 발전과 모든 시민들의 귀감이 되는 분을 선발하여 강정일당상을 시상하고 있다. 2019년 10월 23일에 제22회 시상식을 베풀었으며, 앞으로도 여성 성리학자 정일당의 삶과 문학을 더 널리 선양할 계획이다.

정일당 사당. 성남시 수정구 금토동 661번지

정일당 편액

성남시에서 세운 사당 안내문

후손들이 세운 탄재 윤광연과
아내 정일당 강씨 추모비

원문제목·찾아보기

155

허경진

1952년 피난지 목포 양동에서 태어났다. 연민선생이 문천(文泉)이라는 호를 지어 주셨다. 1974년 연세대 국문과를 졸업하면서 시 〈요나서〉로 연세문화상을 받았다. 1984년에 연세대 대학원에서 연민선생의 지도를 받아『허균 시 연구』로 문학박사학위를 받고, 목원대 국어교육과를 거쳐 연세대 국문과 교수로 재직하였다. 열상고전연구회 회장, 서울시 문화재위원 등으로 활동하고 있다.

『허난설헌시집』,『허균 시선』을 비롯한 한국의 한시 총서 50권,『허균평전』,『사대부 소대헌 호연재 부부의 한평생』,『중인』등을 비롯한 저서 10권,『삼국유사』,『서유견문』, 『매천야록』,『손암 정약전 시문집』등의 역서 10권이 있으며, 요즘은 조선통신사 문학과 수신사, 표류기 등을 연구하고 있다.

우리 한시 선집 164

정일당 강지덕 시집

2020년 6월 10일 초판 1쇄 펴냄

옮긴이 허경진
펴낸이 김흥국
펴낸곳 도서출판 보고사

책임편집 황효은, 이순민
표지디자인 손정자

등록 2001년 9월 21일 제307-2006-55호
주소 경기도 파주시 회동길 337-15
전화 031-955-9797(대표)
　　　02-922-5120~1(편집), 02-922-2246(영업)
팩스 02-922-6990
메일 kanapub3@naver.com / bogosabooks@naver.com
http://www.bogosabooks.co.kr

ISBN 979-11-6587-012-6 04810
　　　979-11-5516-663-5 (세트)
ⓒ 허경진, 2020

정가 13,000원